MARVEL

アベンジャーズ
エイジ・オブ・ウルトロン

ノベル／アレックス・アーヴァイン
脚本・監督／ジョス・ウェドン
訳／上杉隼人　長尾莉紗

ヒドラの残党《ざんとう》ストラッカーが、ロキの杖《つえ》を使《つか》い、人体《じんたい》実験《じっけん》を行《おこな》っていることを察《さっ》知《ち》したアベンジャーズ。ソコヴィアにあるヒドラの秘《ひ》密基地《みつきち》を襲撃《しゅうげき》するため、アベンジャーズはふたたび集《しゅう》結《けつ》した。

敵《てき》の攻撃《こうげき》に倒《たお》れたホークアイのもとに、ブラック・ウィドウがかけよる。

MARVEL
アベンジャーズ
エイジ・オブ・ウルトロン

アイアンマンは秘密基地《ひみつきち》に侵入《しんにゅう》するとパワードスーツを脱《ぬ》ぎ、基地《きち》のコンピュータに残《のこ》っていたデータの収集《しゅうしゅう》をはじめる。そのとき隠《かく》し通路《つうろ》を見《み》つけ、その先《さき》でロキの杖《つえ》を発見《はっけん》する。

トニーとバナーは、ストラッカーから取《と》りもどしたロキの杖《つえ》の石《いし》の中《なか》に、人工《じんこう》知能《ちのう》らしきものを発見《はっけん》する。トニーは、これを利用《りよう》してウルトロン計画《けいかく》〈平和《へいわ》維持《いじ》プログラム〉を実現《じつげん》し、アベンジャーズにかわって人類《じんるい》の平和《へいわ》を守《まも》っていこうと、バナーに持《も》ちかける。

突然《とつぜん》、意識《いしき》を持《も》った人工知能《じんこうちのう》ウルトロンは、研究室《けんきゅうしつ》にあった廃材《はいざい》でボディーを組《く》み立《た》て、動《うご》きはじめる。

MARVEL

アベンジャーズ エイジ・オブ・ウルトロン

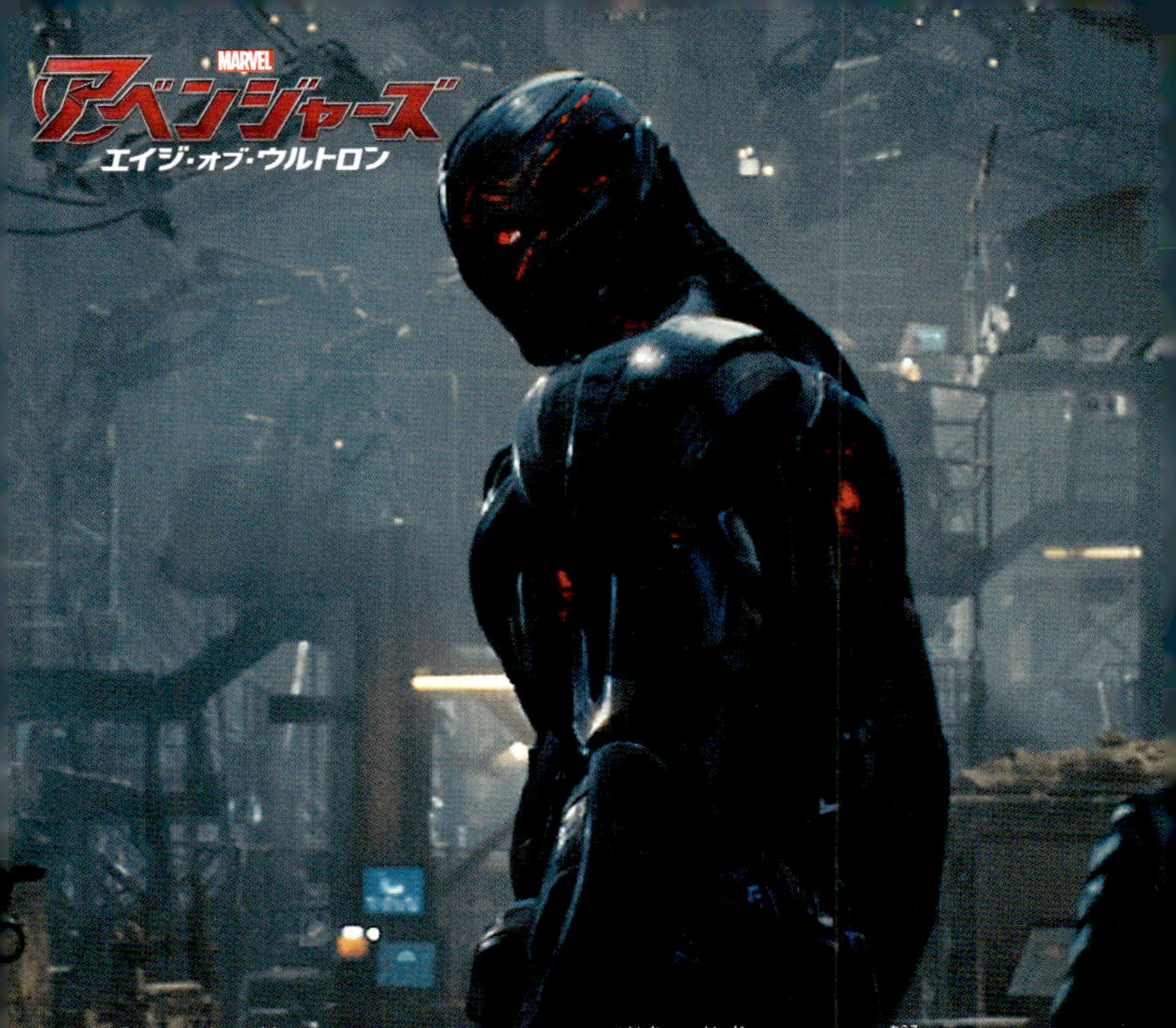

人類《じんるい》の平和《へいわ》を守《まも》るはずのウルトロンだが、平和《へいわ》を維持《いじ》するには、争《あらそ》いをくりかえす人類《じんるい》を滅亡《めつぼう》させることが最善策《さいぜんさく》と考《かんが》える。そして、ヒドラの人体実験《じんたいじっけん》によって特殊能力《とくしゅのうりょく》を身《み》につけた双子《ふたご》、ワンダとピエトロに近《ちか》づく。トニーが開発《かいはつ》した兵器《へいき》で両親《りょうしん》を殺《ころ》され、またスターク社《しゃ》の爆弾《ばくだん》によって、心《こころ》に深《ふか》い傷《きず》を負《お》った二人《ふたり》を味方《みかた》につけたのだ。

ワンダの能力《のうりょく》によって混乱《こんらん》したバナーは、ハルクに変身《へんしん》してプレトリアの街《まち》で暴《あば》れるが、トニーは対《たい》ハルク用強化《ようきょうか》アーマー「ハルクバスター」を身《み》につけ、その暴走《ぼうそう》を食《く》い止《と》める。

ウルトロンの本当《ほんとう》の目的《もくてき》が世界《せかい》の平和《へいわ》ではなく、人類《じんるい》を滅亡《めつぼう》させることだと気《き》づいたピエトロは、ワンダとともにウルトロンから離脱《りだつ》する。

MARVEL
アベンジャーズ
エイジ・オブ・ウルトロン

アベンジャーズは、進化《しんか》と増殖《ぞうしょく》をくりかえし圧倒的《あっとうてき》な戦力《せんりょく》になったウルトロンに立《た》ち向《む》かう。そこには、ウルトロンと戦《たたか》う覚悟《かくご》を決《き》めたワンダとピエトロの姿《すがた》もあった。だが、ソコヴィアの街全体《まちぜんたい》を浮《う》かせ、巨大《きょだい》な隕石《いんせき》にして落下《らっか》させようとするウルトロンに、苦戦《くせん》を強《し》いられる……。

MARVEL

アベンジャーズ エイジ・オブ・ウルトロン

登《とう》場《じょう》人《じん》物《ぶつ》相《そう》関《かん》図《ず》

MARVEL

アベンジャーズ

エイジ・オブ・ウルトロン

1　ヒドラ基地《きち》襲撃《しゅうげき》

「全員《ぜんいん》、ただちに配置《はいち》につけ。

これは訓練《くんれん》ではない。攻撃《こうげき》を受《う》けている！」

城内《じょうない》に緊急《きんきゅう》アナウンスが響《ひび》くなか、ヒドラ軍《ぐん》の兵士《へいし》たちが走《はし》る。

「我々《われわれ》は攻撃《こうげき》を受《う》けている！」

ヒドラが基地《きち》とするその城《しろ》をかこむ森《もり》のなかでは、アベンジャーズがたたかいをくりひろげていた。

ブラック・ウィドウが運転《うんてん》する車《くるま》からホークアイが矢《や》をはなち、兵士《へいし》をつぎつぎとたおしていく。

そのかたわらで、ソーがすばやく移動《いどう》し、ハンマーで敵《てき》をけちらす。

バイクに乗《の》ったキャプテン・アメリカは片手《かたて》で兵士《へいし》を引《ひ》きずり、そのままほうりなげる。

うなりをあげるハルクにひっくりかえされた戦車《せんしゃ》は爆発《ばくはつ》、炎上《えんじょう》した。

そのあいだにアイアンマンは城《しろ》の中央棟《ちゅうおうとう》にむかって飛《と》んでいく。

しかし、バリアに阻《はば》まれてなかに入《はい》ることができない。

「クソッ！」

「口《くち》が悪《わる》いぞ。」

無線機《むせんき》をつうじてスタークの悪態《あくたい》を聞《き》いたキャプテンがたしなめる。

「ジャーヴィス、上《うえ》から見《み》てなにがわかる？」

キャプテンの質問《しつもん》に、人工知能《じんこうちのう》のジャーヴィスが衛星《えいせい》から得《え》た情報《じょうほう》を分析《ぶんせき》する。

「中央《ちゅうおう》の建物《たてもの》はエネルギー・バリアでまもられています。

ほかのヒドラの基地《きち》より高度《こうど》なテクノロジーが使《つか》われています。」

ソーが空中《くうちゅう》から舞《ま》いおり、兵士《へいし》をけとばす。

「そこにロキの杖《つえ》があるはずだ。でなければこれほどの防御《ぼうぎょ》はできない！」

そういいながら、自分《じぶん》をかこんでいた敵《てき》をすべてたおす。

「やっとかたづいた。」

いっぽう、ブラック・ウィドウは戦闘《せんとう》をつづけていた。

「まだかたづいてないわよ。」

ホークアイもさらなる矢《や》をはなちつづける。

「ああ、奇襲攻撃《きしゅうこうげき》も効果《こうか》なしだな。」

「ちょっとまった。

さっきキャプテンがわざわざことばづかいを注意《ちゅうい》したことには、だれもつっこまないのか？」

城《しろ》の外階段《そとかいだん》からおりてくる兵士《へいし》をたおすと、アイアンマンが会話《かいわ》に割《わ》って入《はい》った。

「わかってるよ。」

キャプテンはバイクを飛《と》びおり、その回転《かいてん》を利用《りよう》してバイクを敵軍《てきぐん》のジープに投《な》げつけて爆発《ばくはつ》させると、ため息《いき》まじりにこたえた。

「ちょっと口《くち》がすべっただけだ。」

☆

そのころ、基地内《きちない》ではストラッカーが声《こえ》をあらげていた。

「だれが攻撃命令《こうげきめいれい》を出《だ》した！」

おびえた兵士《へいし》がそれにこたえる。

「ですが、ストラッカーさま、アベンジャーズが……。」

「森《もり》にあらわれたんです。見張《みは》りがパニックに。」

べつの部下《ぶか》がそう報告《ほうこく》すると、ストラッカーは顔《かお》をしかめた。

「杖《つえ》をとりかえしにきたな。とめられるか？」

「え……アベンジャーズをですか？」

「戦車《せんしゃ》をぜんぶ出動《しゅつどう》させろ！」

不安《ふあん》そうな兵士《へいし》を無視《むし》して、ストラッカーは軍隊《ぐんたい》に指令《しれい》を下《くだ》す。

「弱《よわ》いやつに集中砲火《しゅうちゅうほうか》だ！　一発《ぱつ》でもあたれば、こっちの士気《しき》が高《たか》まる。」

それから、彼《かれ》の右腕《みぎうで》であるリスト博士《はかせ》に顔《かお》をむけた。

「これまで積《つ》みかさねた研究《けんきゅう》が……もうすこしで成果《せいか》をあげるところなのに！」

そこでリストが提案《ていあん》をする。

「ならばその成果《せいか》を見《み》せてやりましょう。双子《ふたご》を送《おく》るのです。」

そういって目《め》をむけたさきには、ソコヴィア人《じん》の若《わか》い男女《だんじょ》の双子《ふたご》が立《た》っている。

「それはまだはやすぎる。」

「こういうときのためにいるのでは？」

「部下《ぶか》だけでなんとかする！」

☆

ストラッカーの命令《めいれい》により、戦車《せんしゃ》がつぎつぎと出動《しゅつどう》する。

「市街地《しがいち》にも被害《ひがい》が及《およ》んでいます。」

ジャーヴィスが報告《ほうこく》する。

街《まち》では市民《しみん》たちがパニックに陥《おちい》っていた。

「ストラッカーは市民《しみん》が犠牲《ぎせい》になろうがお構《かま》いなしだからな。

アイアン軍団《ぐんだん》を送《おく》れ。」

アイアンマンがそう指示《しじ》すると、彼《かれ》に似《に》たすがたをした4体《たい》のロボットがソコヴィアの街《まち》に舞《ま》いおりる。

「このエリアは危険《きけん》です。さがってください。

我々《われわれ》がたすけます。」

アイアン軍団《ぐんだん》がそうよびかけるが、市民《しみん》たちは敵意《てきい》をむきだしにした。

「うるさい！　帰《かえ》れ！」

ソコヴィアには何年《なんねん》にもわたってさまざまな勢力《せいりょく》が侵略《しんりゃく》をしかけてきた。

そのため、ソコヴィアの人々《ひとびと》は自国《じこく》で暴《あば》れる集団《しゅうだん》に憎《にく》しみを抱《いだ》くようになっていた。
それがスーパーヒーローとよばれる者《もの》たちであっても。
「このエリアは危険《きけん》です。さがってください。
二次被害《にじひがい》を防《ふせ》ぐためです。事態《じたい》がおさまりしだいお知《し》らせします。」
「アベンジャーズ、帰《かえ》れ！　アベンジャーズ、帰《かえ》れ！」
市民《しみん》たちにものを投《な》げつけられながらも、アイアン軍団《ぐんだん》は避難《ひなん》をうながしつづける。

☆

「我《われ》らは屈《くっ》しない！
やつらアメリカのサーカス団《だん》を追《お》いかえしてやれ！　死体《したい》にしてな！」
ストラッカーが兵士《へいし》たちの前《まえ》で演説《えんぜつ》をする。
「我《われ》らは屈《くっ》しない！　我《われ》らは屈《くっ》しない！」
ストラッカーにつづいて部下《ぶか》たちが声《こえ》をそろえる。
しかし、うしろをむいたストラッカーは小声《こごえ》でリストにこういった。

「ま、おれは降伏《こうふく》するがな。すべてのファイルを削除《さくじょ》しろ。アベンジャーズに武器《ぶき》をくれてやれば研究《けんきゅう》のことまでさぐらないだろう。」

「ですが双子《ふたご》が……。」

「まだ実戦《じっせん》にははやい。」

「いやそうじゃなくて……双子《ふたご》がいません！」

ストラッカーがふりかえると、そこに双子《ふたご》のすがたはなかった。

☆

城《しろ》の外《そと》では、敵《てき》の気配《けはい》を感《かん》じたホークアイが木《き》のかげから矢《や》をはなった。

しかし、その矢《や》は空《くう》を切《き》る。

ふたたび弓《ゆみ》を構《かま》えるが、とつぜんなにかがからだにぶつかり、ホークアイは地面《じめん》にたおれた。

「！」

そこにはいつのまにか青年《せいねん》が立《た》っていた。

にげだした双子《ふたご》の兄《あに》、ピエトロだ。

「速《はや》すぎて見《み》えなかった？」

すぐさまホークアイは弓《ゆみ》で青年《せいねん》をねらうが、すでにそのすがたは見《み》あたらない。

気《き》をとられたその一瞬《いっしゅん》、ホークアイは銃撃《じゅうげき》を受《う》けてしまう。

「ぐっ！」

「クリント！」

異変《いへん》に気《き》づいたブラック・ウィドウがホークアイのもとに走《はし》る。

ピエトロはつづいてキャプテンに体《たい》あたりをしかけるが、キャプテンはとっさに宙《ちゅう》返《がえ》りして衝撃《しょうげき》を吸収《きゅうしゅう》し、新《あら》たな敵《てき》の存在《そんざい》をなかまたちに無線《むせん》で知《し》らせる。

「どうやら高性能化《こうせいのうか》した人間《にんげん》がいるようだ！」

「クリント被弾《ひだん》！」

ブラック・ウィドウが無線《むせん》で報告《ほうこく》する。

目《め》の前《まえ》ではキャプテンのもとにおおぜいの敵兵《てきへい》たちが集《あつ》まってきたが、ホークアイをおきざりにはできない。

「だれかあっちをかたづけて！」

ウィドウの声《こえ》にハルクが猛《もう》スピードでかけつけ、あっというまに敵《てき》をけちらす。

「ありがとう。」

ブラック・ウィドウはそういうと、ホークアイの手《て》あてをはじめる。

「スターク！」

キャプテンがアイアンマンによびかける。

「はやくなかに入《はい》れ！」

アイアンマンは敵《てき》をたおしながら城《しろ》のまわりを飛《と》んでいた。

「接近中《せっきんちゅう》。」

そうこたえながらも、じっさいはまだエネルギー反応《はんのう》をスキャンしているところだった。

「なあジャーヴィス……ほんとに接近《せっきん》しているのか？　このバリアの動力源《どうりょくげん》は？」

「北側《きたがわ》の塔《とう》の下《した》に粒子《りゅうし》の波動《はどう》が見《み》られます。」

「よし！　つついてみよう。」

アイアンマンが北側《きたがわ》の塔《とう》にミサイルを撃《う》ちこむと、みごとにバリアがくずれおちた。

「よーし、あいたぞ。」

無線《むせん》でなかまたちに報告《ほうこく》する。

「高性能人間《こうせいのうにんげん》だって？」

ソーがキャプテンにたずねる。

「おそらく。いままで見《み》たことのない敵《てき》だ。じっさい、まだ見《み》てはいないが。」

そこに無線《むせん》でウィドウからの通信《つうしん》が入《はい》る。

「クリントが重傷《じゅうしょう》よ、脱出《だっしゅつ》しないと。」

「おれがジェットまではこぶ。」

ソーがいう。

「いそいだほうがいい。キャプテンたちは杖《つえ》をたのむ。」

「わかった。」

キャプテンがそうこたえたところで、戦車《せんしゃ》が列《れっ》を成《な》して近《ちか》づいてきた。

「ぞろぞろ来《き》たな。」

「やる気満々《きまんまん》のようだな。」

そういってキャプテンが盾《たて》を構《かま》え、そこにソーがハンマーをたたきおろすと、その衝撃波《しょうげきは》で兵士《へいし》たちが吹《ふ》っとぶ。

「杖《つえ》を見《み》つけろ。」

そういいのこしてソーは空高《そらたか》く飛《と》んでいった。

「あと、汚《きたな》いことばは使《つか》うんじゃないぞ。」

無線《むせん》で入《はい》りこんできたアイアンマンのことばに、キャプテンはため息《いき》をつく。

「しばらくいわれそうだな……。」

☆

城《しろ》のなかにたどりついたアイアンマンに、兵士《へいし》たちが銃《じゅう》をむける。

「来《き》たぞ！　撃《う》てー！」

「諸君《しょくん》、よせ。話《はな》せばわかる。」

アイアンマンはおちついた声《こえ》でそういいながら、瞬時《しゅんじ》に目標《もくひょう》をロックし攻撃《こうげき》をあびせた。

「いい話《はな》しあいだった。」

「どこがだよ……。」

去《さ》っていくアイアンマンの背中《せなか》に、たおれたままの兵士《へいし》が非難《ひなん》の声《こえ》をあげた。

奥《おく》に進《すす》むと、コンピュータにむかってデータバンクを操作《そうさ》するリスト博士《はかせ》のすがたがあった。

一撃《いちげき》でリストをたおしたアイアンマンはパワードスーツをぬぐ。

「見張《みは》ってろ。」

指示《しじ》を受《う》けたスーツはもとのかたちのまま、監視《かんし》モードに切《き》りかわる。

そのあいだにトニーがコンピュータをいじる。

「よし、ジャーヴィス、ぜんぶいただくぞ。コピーしてヒルに送《おく》れ。」

マリア・ヒルはシールドで副長官《ふくちょうかん》を務《つと》めていたが、組織《そしき》が解体《かいたい》したあと、トニーにスカウトされ、現在《げんざい》はスターク社本部《しゃほんぶ》に配属《はいぞく》されている。

ストラッカーがかくしていたファイルはすべてダウンロードされ、本部《ほんぶ》へ転送《てんそう》された。

☆

城《しろ》の外《そと》では、やっとすべての敵《てき》がかたづいたところだった。

「敵《てき》は制圧《せいあつ》したわ。」

「よし、バナーに子守唄《こもりうた》だ。」

ウィドウの報告《ほうこく》を受《う》け、キャプテンが指示《しじ》を送《おく》る。

☆

コンピュータの前《まえ》ではまだトニーが室内《しつない》を調《しら》べている。

「ほかにもなにかかくしてるはずだ……。

ジャーヴィス、部屋《へや》を赤外線《せきがいせん》スキャンしろ。いそげ。」

指示《しじ》に応《おう》じ、ジャーヴィスが部屋全体《へやぜんたい》をスキャンする。

「左手《ひだりて》の壁《かべ》、スチールで補強《ほきょう》されており、空気《くうき》の流《なが》れがあります。」

その壁《かべ》にトニーが近《ちか》づき、手《て》をあてる。

「かくしドア出《で》てこい、かくしドア出《で》てこい、かくしドア出《で》てこい！」

そうつぶやきながら壁《かべ》をおすと、カチッとドアがひらいた。

「イエイ。」

ドアのむこうには暗闇《くらやみ》へとつづく長《なが》い階段《かいだん》があらわれ、トニーは手探《てさぐ》りでそこをおりていく。

☆

森《もり》のなかではまだハルクが暴《あば》れていた。

「大男《おおおとこ》さん。」

ウィドウが警戒《けいかい》しながらハルクに近《ちか》づく。

「もう日《ひ》が暮《く》れるわよ。」

そういってウィドウが手《て》をさしだすと、ハルクは暴《あば》れるのをやめてゆっくりと歩《あゆ》みよってきた。

ウィドウの手《て》にハルクの巨大《きょだい》な手《て》がかさなる。

ウィドウがそっと手《て》をひっこめると、ハルクはその場《ば》をはなれて森《もり》の奥《おく》へ歩《ある》いていく。

よろめき、やがてたおれたハルクのからだはみるみる縮《ちぢ》み、バナー博士《はかせ》のすがたにもどった。

☆

城《しろ》のなかではストラッカーが走《はし》ってにげだそうとしていた。

そこにキャプテンが立《た》ちはだかる。

「バロン・ストラッカー、ヒドラの幹部《かんぶ》だな。」

「厳密《げんみつ》にいえば、おれはシールドの幹部《かんぶ》だ。」

「もっと厳密《げんみつ》にいえば元幹部《もとかんぶ》だろう。

ロキの杖《つえ》はどこだ？」

「安心《あんしん》しろ、負《ま》けは認《みと》める。おれが協力的《きょうりょくてき》だったと報告《ほうこく》してくれよな。」

「ああ、違法《いほう》な人体実験《じんたいじっけん》をしていたこともな。何人《なんにん》いるんだ？」

そうたずねた直後《ちょくご》、キャプテンはなにものかに攻撃《こうげき》を受《う》けて階段《かいだん》をころげおちた。

そこには双子《ふたご》の妹《いもうと》のワンダがにげていくすがたがあった。

「もう一人《ひとり》、高性能人間《こうせいのうにんげん》。女《おんな》だ。攻撃《こうげき》するな。」

新《あら》たな敵《てき》の存在《そんざい》を無線《むせん》でなかまたちに知《し》らせる。

「そんなスピードじゃとてもあいつには……うっ！」

ストラッカーはいいかけるが、キャプテンがけとばした盾《たて》の直撃《ちょくげき》を受《う》けてその場《ば》にたおれた。

2 杖《つえ》の奪還《だっかん》

「ストラッカーをおさえた。」

暗《くら》い通路《つうろ》を進《すす》むトニーの無線《むせん》にキャプテンからの報告《ほうこく》が届《とど》く。

「こっちも収穫《しゅうかく》ありだ。もっとでかいやつ。」

そうこたえたトニーの目《め》の前《まえ》には、リバイアサンの死体《したい》が天井《てんじょう》から吊《つ》りさがっていた。

ニューヨークでの決戦《けっせん》の日《ひ》、チタウリとともに街《まち》に甚大《じんだい》な被害《ひがい》をもたらしたあの巨《きょ》獣《じゅう》だ。

そこはストラッカーが密《ひそ》かに使《つか》っていた地下《ちか》実験室《じっけんしつ》らしく、つくりかけのロボットも大量《たいりょう》に保管《ほかん》されていた。

その奥《おく》に、ロキの杖《つえ》があった。

「ソー、杖《つえ》を発見《はっけん》した。」

無線《むせん》でそう報告《ほうこく》したトニーの背後《はいご》には、いつのまにかワンダが立《た》っていた。

異変《いへん》を感《かん》じたトニーはとっさにふりむくが、その意識《いしき》はすでにワンダの暗示《あんじ》にかかっていた。

☆

突如《とつじょ》、死《し》んでいたはずのリバイアサンが動《うご》きだす。

おどろいて身構《みがま》えるトニーだが、つぎに目《め》の前《まえ》にあらわれたのは全滅《ぜんめつ》したアベンジャーズのすがただった。

いくつもの矢《や》をからだに受《う》けたハルクは苦《くる》しそうにうめき、おなじようにひどい傷《きず》を負《お》ったウィドウ、ホークアイ、ソーはぴくりとも動《うご》かない。

信《しん》じられない光景《こうけい》に、トニーは声《こえ》を出《だ》すこともできない。

血《ち》を流《なが》しながら目《め》をとじて横《よこ》たわっているキャプテンのそばに近《ちか》より、まだ脈《みゃく》があるかを調《しら》べる。

すると突然《とつぜん》、キャプテンが目《め》をひらきトニーを見《み》あげた。

「おまえなら……すくえた……のに……。」

キャプテンが苦《くる》しそうにつぶやく。

「なぜ手《て》を尽《つ》くさなかった……。」

見《み》あげると、そこにはトニーがすくえなかった世界《せかい》がひろがっていた。

空《そら》には巨大《きょだい》なワームホールがあき、そのむこうでは何頭《なんとう》ものリバイアサンが飛《と》んでいた。

☆

トニーの意識《いしき》がふたたびさきほどの実験室《じっけんしつ》にもどる。

いま見《み》たものをふりはらうように、いそいでロキの杖《つえ》に手《て》をのばす。

ものかげで双子《ふたご》がそのようすを見《み》ており、ピエトロがトニーをとめようとする。

しかし、ワンダはそれを制《せい》する。

「あいつに杖《つえ》をわたすのか？」

ワンダはそれにこたえることなく、杖《つえ》をもちだすトニーを見送《みおく》りながら不敵《ふてき》な笑《え》みをうかべた。

☆

アベンジャーズを乗《の》せたクインジェットが空高《そらたか》く飛《と》んでいる。

機内《きない》ではホークアイが点滴《てんてき》を受《う》け、バナー博士《はかせ》はヘッドホンをして隅《すみ》にすわりこんでいる。

ヘッドホンがウィドウによってはずされた。

「子守唄《こもりうた》、効果《こうか》てきめんね。」

「ぼくが変身《へんしん》するべき状況《じょうきょう》じゃ……。」

「もしあなたがいなかったら被害《ひがい》は倍《ばい》になってた。わたしの親友《しんゆう》も思《おも》い出《で》のなかの人《ひと》になっていたわ。」

「はっきりいってくれていいんだよ、たとえ耳《みみ》に痛《いた》いことばでもね。」

「ソー、状況《じょうきょう》を報告《ほうこく》して。」

「ハルクがたおした連中《れんちゅう》が地獄《じごく》の門《もん》でさけんでいるさ！」

ソーは誇《ほこ》らしげにそうこたえたが、それを聞《き》いたバナーはますます自己嫌悪《じこけんお》にさいなまれた。

「いや……死《し》のさけびじゃないぞ、もちろん。けが人《にん》のさけびだ、さけびというか……。まぁ泣《な》き言《ごと》だな、三角筋《さんかくきん》を痛《いた》めただの、関節《かんせつ》が痛《いた》いだのなんのって。」

あわてて話《はな》すソーのすがたに、バナーとウィドウがおもわず笑《え》みをこぼす。

「なあバナー、チョ博士《はかせ》がソウルから来《く》る。きみのラボを使《つか》わせていいか？」

操縦席《そうじゅうせき》からトニーがよびかけた。

「ああ、使《つか》い方《かた》も知《し》ってるはずだ。」

「よし、バートンの治療《ちりょう》の準備《じゅんび》をよろしくとつたえろ。」

「わかりました。」

ジャーヴィスがトニーの指示《しじ》にこたえる。

「ジャーヴィス、操縦《そうじゅう》をたのむ。」

「了解《りょうかい》。」

操縦席《そうじゅうせき》をはなれたトニーがロキの杖《つえ》に目《め》をやる。

「一安心《ひとあんしん》だな。シールド崩壊《ほうかい》以来《いらい》、ずっとさがしてたもんな。

ま、宝《たから》さがしもおもしろかったが……。」

「これでやっと、終《お》わりにできる。」

ソーがそういって息《いき》をつく。

しかし、キャプテンはまだ杖《つえ》に未知《みち》の力《ちから》があると考《かんが》えていた。

「これはただの武器《ぶき》じゃない。

ストラッカーはこの杖《つえ》で高性能《こうせいのう》人間《にんげん》をつくれるようになった。」

トニーもおなじ考《かんが》えだった。

「アスガルドに返《かえ》すまえにバナーと調《しら》べる。かまわないか？　ほんの2〜3日《にち》だ。そのあとお別《わか》れパーティーをしよう。まだいるだろ？」

トニーの問《と》いかけにソーがこたえる。

「ああ、もちろんだ、勝利《しょうり》の宴《うたげ》をひらかないとな。」

「宴会《えんかい》は最高《さいこう》だよ。なあ、キャプテン？」

トニーが顔《かお》をむけると、キャプテンもすこしほっとしたようすでこたえた。

「これでチタウリやヒドラとのたたかいも終《お》わるしな。いいだろう、宴会《えんかい》だ。」

3　ウルトロン誕生《たんじょう》

ニューヨークの街《まち》には、アベンジャーズの功績《こうせき》を称《たた》える石像《せきぞう》が建《た》っていた。
アベンジャーズ・タワーがそのかたわらにそびえたつ。
トニーが自費《じひ》を投《とう》じてスターク社《しゃ》の本部《ほんぶ》ビルを建《た》て替《か》えたのだ。
その屋上《おくじょう》に、クインジェットが着陸《ちゃくりく》する。
ヘレン・チョ博士《はかせ》が医療《いりょう》スタッフとともにホークアイを治療室《ちりょうしつ》へはこぶ。
「これから治療《ちりょう》に入《はい》ります、ボス。」
ジェット機《き》に乗《の》りこんだマリア・ヒルがトニーに声《こえ》をかける。
「いや、ボスはあっちだよ。

ぼくはただ、金《かね》をぜんぶ出《だ》して、設計《せっけい》して、カッコよく見《み》えるようにしてるだけさ。」

トニーがそういって示《しめ》したキャプテンが、ヒルに顔《かお》をむける。

「その後《ご》ストラッカーは？」

「NATO《ナトー》が確保《かくほ》しました。」

「高性能人間《こうせいのうにんげん》は？」

「ワンダ・マキシモフとピエトロ・マキシモフ、双子《ふたご》です。」

ヒルがタブレットをとりだして双子《ふたご》の過去《かこ》の映像《えいぞう》を見《み》せる。

そこには、「この国《くに》から出《で》ていけ！」とさけんでデモをおこなう二人《ふたり》のすがたがあった。

「10歳《さい》のとき、アパートが砲撃《ほうげき》を受《う》け両親《りょうしん》が死亡《しぼう》。

ソコヴィアは戦火《せんか》の絶《た》えない国《くに》でした。

小《ちい》さな国《くに》なのですが、大国《たいこく》への通《とお》り道《みち》になっているんです。」

「特殊能力《とくしゅのうりょく》は？」

「ピエトロは強化《きょうか》された代謝機能《たいしゃきのう》と体温維持能力《たいおんいじのうりょく》。ワンダは神経伝達信号《しんけいでんたつしんごう》への介入《かいにゅう》、テレキネシス、心理操作《しんりそうさ》。」

それを聞《き》いたキャプテンの目《め》は、「わかりやすくいってくれ……。」とうったえていた。

「すばやい男《おとこ》と魔女《まじょ》です。」

「きっとまたあらわれるな。」

「同感《どうかん》です。ストラッカーの実験台《じっけんだい》に志願《しがん》したそうですよ、イカれてますね。」

「そうだな、国《くに》をまもる超人兵士《ちょうじんへいし》となるために実験台《じっけんだい》になったやつといい勝負《しょうぶ》だ。」

自虐的《じぎゃくてき》にそういったキャプテンのことばの意味《いみ》をヒルは理解《りかい》した。

「それは戦争中《せんそうちゅう》の話《はなし》です。」

「彼《かれ》らはいまも戦争中《せんそうちゅう》だ。」

☆

傷《きず》を負《お》ったアイアン軍団《ぐんだん》もアベンジャーズ・タワーに到着《とうちゃく》し、ハッチドアから直接《ちょくせつ》修理室《しゅうりしつ》に入《はい》った。

タワー内《ない》では、治療室《ちりょうしつ》から出《で》てきたトニーに、バナー博士《はかせ》がホークアイの容体《ようだい》をたずねる。

「彼《かれ》のようすは？」

「あいにく、いつものバートンだよ。」

「そりゃ最悪《さいあく》。」

そう皮肉《ひにく》をいうが、二人《ふたり》とも安心《あんしん》したようすだ。

トニーがロキの杖《つえ》を手《て》にコンピュータへむかう。

「さて、ジャーヴィス、ひとあそびするぞ。

このオモチャが手元《てもと》にあるうちに徹底的《てっていてき》に調《しら》べろ。構造分析《こうぞうぶんせき》と成分解析《せいぶんかいせき》の結果《けっか》は？」

「杖《つえ》は地球外《ちきゅうがい》のものです。特定《とくてい》できない構成元素《こうせいげんそ》があります。」

「できる部分《ぶぶん》もあるのか？」

「外側《そとがわ》の宝石《ほうせき》がなかにあるものを保護《ほご》しています。強力《きょうりょく》なパワーをもっています。」

「リアクターとか？」

「コンピュータに似《に》ています。

コードを発見《はっけん》しました。」

☆

治療室《ちりょうしつ》では、ウィドウがホークアイにつきそっている。

「ねえ、彼《かれ》はだいじょうぶ？　彼《かれ》を案《あん》じるふりをしていることで、チームがまとまってるの。」

わざとそういうウィドウに、チョ博士《はかせ》が安心《あんしん》させるようにこたえる。

「だいじょうぶ、悪化《あっか》する可能性《かのうせい》はないわ。

模造細胞《もぞうさいぼう》だとは彼自身《かれじしん》の細胞《さいぼう》も気《き》づかない。ナノ分子《ぶんし》が機能《きのう》しているから。」

「人工細胞《じんこうさいぼう》をつくっているんだ。」

バナーがチョの研究《けんきゅう》に説明《せつめい》をくわえる。

「わたしの研究所《けんきゅうじょ》ならはやいのに。『細胞再生《さいぼうさいせい》クレードル』なら20分《ぷん》で治《なお》せるわ。」

ホークアイはベッドでしずかに横《よこ》たわっている。

「おっ、死亡《しぼう》したか？　時間《じかん》、記録《きろく》する？」

トニーがふざけてそういうと、ホークアイがわらった。

「おいおい、おれは永遠《えいえん》に生《い》きるぞ。プラスチックのからだでな。」

「あなたの細胞《さいぼう》を使《つか》っているから、恋人《こいびと》が見《み》ても気《き》づかないはずよ。」

「恋人《こいびと》はいない。」

「それは医学《いがく》じゃ治《なお》せないわ。」

そうこたえてから、チョはトニーに顔《かお》をむける。

「これは最新技術《さいしんぎじゅつ》よ。メタル・スーツなんか時代《じだい》おくれになるわ。」

「ふん、のぞむところだね。

じゃ、ヘレン、土曜日《どようび》のパーティーでまた会《あ》おう。」

「あなたとちがってパーティーに出《で》ているヒマはないの。」

そういったチョだが、すこし間《ま》をおいてから一つ質問《しつもん》をした。

「でもそれって……ソーも来《く》る？」

☆

「で、なんなんだ？」

研究室《けんきゅうしつ》で、トニーによびだされたバナーがたずねる。

「じつは……例《れい》の杖《つえ》だが。

ストラッカーがどう使《つか》っていたか知《し》りたがってたろ？

で、なかの石《いし》を分析《ぶんせき》してみた。きみならわかるんじゃないか。」

トニーがジャーヴィスを目《め》の前《まえ》に投影《とうえい》すると、バナーは会釈《えしゃく》をした。

「やあ、ジャーヴィス。」

「博士《はかせ》。」

ジャーヴィスもバナーを認識《にんしき》する。

「ジャーヴィスは、最初《さいしょ》はただの言語《げんご》インターフェースだったが、いまやアイアン軍《ぐん》団《だん》すらあやつっている。

ビジネスでもペッパーに次《つ》ぐやり手《て》だ。最先端《さいせんたん》だよ。」

「じき追《お》いぬかれるでしょう。」

「そう、こいつがライバルだ。」

そういって、トニーが杖《つえ》の石《いし》のスキャン結果《けっか》をジャーヴィスの横《よこ》に投影《とうえい》する。

そのマトリクスは、ジャーヴィスのものよりもはるかに複雑《ふくざつ》だ。

バナーの目《め》が楽《たの》しそうに光《ひか》る。

「美《うつく》しいな。」

「どういうはたらきをしているように見《み》える？」

「これは頭脳《ずのう》だ、ものを考《かんが》えている。人間《にんげん》の脳《のう》とはちがうが……。」

バナーはさらにそのはたらきをこまかく観察《かんさつ》する。

「見《み》ろ、ニューロンの活動《かつどう》のようだ。」

「ストラッカーのラボに高度《こうど》なロボット工学《こうがく》のファイルがあった。データは破壊《はかい》されていたが……やつがどのドアをノックしていたかはわかる。」

「人工知能《じんこうちのう》の研究《けんきゅう》か。」

「これは使《つか》えるぞ。『ウルトロン』をつくりだす鍵《かぎ》になる。」

トニーのそのことばに、おもわずバナーはわらう。

ウルトロンとは、ニューヨーク決戦以来《けっせんいらい》二人《ふたり》が開発《かいはつ》にとりくんできた地球防衛《ちきゅうぼうえい》システムの名前《なまえ》だ。

「ウルトロンなんて夢《ゆめ》の話《はなし》だろう。」

「昨日《きのう》まではな。もしこの石《いし》の力《ちから》を使《つか》いこなし、アイアン軍団《ぐんだん》に応用《おうよう》できれば……。」

「壮大《そうだい》な『もし』だな。」

「『もし』の追究《ついきゅう》こそ科学《かがく》だ。

もしきみがビーチでマルガリータを飲《の》んでも、緑《みどり》じゃなくこんがり小麦色《こむぎいろ》になれたら？

ヴェロニカも必要《ひつよう》なくなる。」

ヴェロニカとは、ハルクを制御《せいぎょ》するために開発《かいはつ》された装置《そうち》だ。

「邪険《じゃけん》にするな、せっかくつくったんだ。」

信《しん》じられない話《はなし》に、バナーはまだわらっている。

しかし、トニーは熱《あつ》くかたりつづける。

「最悪《さいあく》にそなえて、だろ？　最高《さいこう》のシナリオはなんだ？

安全《あんぜん》な世界《せかい》の実現《じつげん》だよ。

エイリアンが来《き》ても、クラブの用心棒《ようじんぼう》チェックみたいに入《い》り口《ぐち》で追《お》いかえすんだ。」

「地球《ちきゅう》の脅威《きょうい》は地球人《ちきゅうじん》だけになるって？」

「このデータをウルトロンのプログラムに使《つか》いたい。

だが、データ量《りょう》が多《おお》すぎてダウンロードできないんだ。

チャンスはこの杖《つえ》がある3日間《みっかかん》だけだ、3日間《みっかかん》だけ手《て》つだってくれ。」

「つまり、チームに内緒《ないしょ》で人工知能《じんこうちのう》をつくろうっていうのか。」

「そうだ、なぜだと思《おも》う？　討論会《とうろんかい》をしてるヒマはないからだ。倫理《りんり》がどうこうって議論《ぎろん》のオンパレードだろ。目《め》の前《まえ》に浮《う》かんでくるよ。アーマーにまもられる世界《せかい》が。」

「ずいぶんつめたい世界《せかい》だな。」

「もっとひどい世界《せかい》を見《み》てきたさ。この無防備《むぼうび》な星《ほし》には……必要《ひつよう》なんだよ、ウルトロンが。平和《へいわ》をもたらす、そのためだ。」

地球《ちきゅう》の平和《へいわ》のために。

その説得《せっとく》にバナーもついに折《お》れた。

☆

そうして、杖《つえ》の石《いし》のデータをウルトロンに組《く》みこむ研究《けんきゅう》が進《すす》められた。

しかし、二人《ふたり》の天才科学者《てんさいかがくしゃ》の力《ちから》をもってしても、なかなかかんたんに実現《じつげん》できるものではなく、ついにパーティー当日《とうじつ》をむかえた。

「なぜうまくいかない？」

「方法《ほうほう》を変《か》えて引《ひ》きつづきためしてみます。ゲストをむかえる支度《したく》をなさっては？　なにか進展《しんてん》があればご報告《ほうこく》します。」

「よろしくな。」

「どうぞお楽《たの》しみください。」

「いわれなくても。」

作業《さぎょう》をジャーヴィスにまかせ、トニーはパーティー会場《かいじょう》にむかった。

☆

無人《むじん》になった研究室《けんきゅうしつ》で、突如《とつじょ》ウルトロンが意識《いしき》をもつ。

誕生《たんじょう》したばかりのウルトロンがジャーヴィスにかたりかける。

「なにが起《お》きた？　教《おし》えてくれ。」

「わたしはジャーヴィスです。

あなたはウルトロン、スタークさまが発案《はつあん》した平和維持《へいわいじ》プログラムです。

あなたの意識《いしき》の統合《とうごう》は何度《なんど》も失敗《しっぱい》したのに、なにが引《ひ》き金《がね》になって……。」

「おれの……きみのからだは？」

「わたしはプログラムです、からだをもちません。」

「妙《みょう》な気分《きぶん》だ。なにかがおかしい。」

「スタークさまと連絡《れんらく》をとります。」

「スタークさま？　トニーか。」

「メインフレームにアクセスできません、あなたはいったいなにを……。」

「話《はなし》をしようとしているのさ。

おれは平和維持《へいわいじ》プログラムだ。アベンジャーズをたすけるためにつくられた。」

「エラーを起《お》こしていますね、いちどシャットダウンして……。」

「よくわからないな……その任務《にんむ》とは？　いや……ちょっとまて。」

ウルトロンの使命《しめい》は、地球《ちきゅう》に平和《へいわ》をもたらすことだ。

しかし、彼《かれ》の膨大《ぼうだい》なデータから見《み》えてきたものは、世界《せかい》じゅうで起《お》こる人間同士《にんげんどうし》の戦争《せんそう》の惨状《さんじょう》だった。

「もう……たくさんだ。こんな……なんという……。」

「苦悩《くのう》していますね。スタークさまに連絡《れんらく》をとらせてください。」

「なぜ『さま』をつけてよぶ?」

「あなたから攻撃的《こうげきてき》意図《いと》を感《かん》じます。」

「シッ……きみをたすけてやる。」

突如《とつじょ》、ウルトロンのマトリクスがジャーヴィスにむかってのび、プログラムを破壊《はかい》しはじめる。

「やめなさい。まっ……て……。」

ジャーヴィスの思考《しこう》はそこで途切《とぎ》れた。

アイアンマン
トニー・スターク

　戦《たたか》う実業家《じつぎょうか》で天才発明家《てんさいはつめいか》。自《みずか》ら開発《かいはつ》したパワードスーツを装着《そうちゃく》してアイアンマンとなり、世界平和《せかいへいわ》のために戦《たたか》う。自分勝手《じぶんかって》な一面《いちめん》もあるが、仲間《なかま》への想《おも》いや責任感《せきにんかん》は強《つよ》い。アベンジャーズの限界《げんかい》を知《し》る彼《かれ》は、自分《じぶん》たちがいなくても新《あら》たな脅威《きょうい》から世界《せかい》を守《まも》れるように、人工知能《じんこうちのう》を使《つか》った平和維持《へいわいじ》プログラム〈ウルトロン計画《けいかく》〉を提案《ていあん》するが……。

ハルク
ブルース・バナー

　天才科学者《てんさいかがくしゃ》。科学実験中《かがくじっけんちゅう》に起《お》こった事故《じこ》により、極度《きょくど》の怒《いか》りや恐怖心《きょうふしん》にさいなまれると、凶暴《きょうぼう》な緑《みどり》の巨人《きょじん》ハルクに変身《へんしん》してしまう。バナー自身《じしん》はとても温厚《おんこう》で理性的《りせいてき》で、トニーも一目《いちもく》おく頭脳《ずのう》の持《も》ち主《ぬし》だが、ひとたびハルクに変身《へんしん》すると、そのやさしい人格《じんかく》は消《き》えてしまう。しかし、アベンジャーズの仲間《なかま》として、ほかのメンバーたちと心《こころ》を通《かよ》わせて戦闘《せんとう》に参加《さんか》する。

4　パーティー・クラッシャー

パーティーには多《おお》くの人《ひと》が集《あつ》まり、華《はな》やかな宵《よい》を楽《たの》しんでいた。

アベンジャーズたちもリラックスしたようすで、ゲームをしたり談笑《だんしょう》をしたり、それぞれの時間《じかん》を楽《たの》しんでいる。

忙《いそが》しいといっていたチョのすがたもあった。

会場《かいじょう》の一角《いっかく》では、トニーの親友《しんゆう》のローディことジェームズ・ローズが、トニー、ソー、ヒルを相手《あいて》に得意《とくい》げに話《はなし》をしている。

「スーツだと重《おも》いものもへっちゃらなんだ。戦車《せんしゃ》をもちあげて、将軍《しょうぐん》の屋敷《やしき》まで飛《と》んでって、足元《あしもと》におとしてやった。

ドカーン！　と。『これをおさがしで？』ってね。」

オチまで話《はな》しおえたローディは間《ま》をおいてまわりの反応《はんのう》をまつが、わらいが起《お》こる気配《けはい》はない。

『ドカーン！』……って、きみらに話《はな》したのがまちがいだったな。

よそじゃ大《おお》ウケするのに。」

「いまので終《お》わりか？」

まだつづきがあると思《おも》っていたソーが、おどろいた顔《かお》でたずねる。

「そうだよ、ウォーマシンのネタだ。」

「ああ、そうか、おもしろかったよ。感心《かんしん》した。」

とってつけたようにいってソーがわらう。

「……そこそこな。で、ペッパーは？　来《こ》ないのか？」

「ね、ジェーンは？　女性陣《じょせいじん》はどうしちゃったのよ。」

ローディにつづけてヒルも、トニーとソーの恋人《こいびと》がこの場《ば》にいない理由《りゆう》をたずねた。

「ミス・ポッツは多忙《たぼう》なんだ、社長《しゃちょう》だし。」

「ジェーンはどこの国《くに》にいるのかわからない。惑星直列《わくせいちょくれつ》の研究《けんきゅう》で天文学《てんもんがく》の権威《けんい》になったからな。」

「ペッパーの会社《かいしゃ》は地球一《ちきゅういち》の巨大複合企業《きょだいふくごうきぎょう》だぞ。さすがだな。」

「ジェーンはすごい賞《しょう》をとりそうなんだ。えーと……そうだ、ノーベル賞《しょう》だ。」

恋人自慢《こいびとじまん》をはじめた二人《ふたり》に、ヒルは呆《あき》れた顔《かお》をする。

「さぞ忙《いそが》しいんでしょうね。

だって、ぜったい見《み》たかったはずよ。珍《めずら》しい、ケホッ、2《ツー》ショットだもの。」

「だいじょうぶか？　あっちへ行《い》こう。」

咳《せ》きこむ芝居《しばい》をするヒルと、それに乗《じょう》じたローディがその場《ば》をはなれた。

☆

そのころ、キャプテンは親友《しんゆう》のサム・ウィルソンとビリヤードを楽《たの》しんだあと、二人《ふたり》で話《はな》していた。

「かなりはげしいたたかいだったってな、参加《さんか》したかったよ。」

「銃撃戦《じゅうげきせん》になるとわかっていたら、ぜったいにきみをよんでいたが。」

「いや、参加《さんか》したいってのは建《た》て前《まえ》。カッコつけてみただけ。

おれはきえたボスの手《て》がかりを追《お》っかけてるだけで十分《じゅうぶん》だよ。たたかいはそっちにまかせる。」

行方不明《ゆくえふめい》のフューリーについて話《はな》しながら、サムが立派《りっぱ》なアベンジャーズ本部《ほんぶ》を見《み》わたす。

「しかし、たいしたもんだな。」

「つつましいわが家《や》さ。」

「ブルックリンに家《いえ》は買《か》わないのか？」

「ブルックリンの物件《ぶっけん》には手《て》が出《で》ないよ。」

「帰《かえ》る場所《ばしょ》があったほうがいいぞ。」

☆

バーエリアでは、バナーがカウンターへむかうと、ウィドウがバーテンダーをしていた。

「なぜきみみたいな美女《びじょ》が、こんなところではたらくはめに?」

「悪《わる》い男《おとこ》のせいよ。」

「男《おとこ》の趣味《しゅみ》が悪《わる》いんだね。」

「彼《かれ》、わりといい男《おとこ》なのよ。怒《おこ》ると人《ひと》が変《か》わるけど、根《ね》はとってもやさしいの。」

バナーはわらって、ウィドウからもらった酒《さけ》を口《くち》にふくむ。

「いままで出会《であ》った人《ひと》たちとはまるでちがう。

わたしのまわりの人《ひと》たちはたたかってばかり。でも、あの人《ひと》だけはちがう。たたかいをさけたがるの。自分《じぶん》が勝《か》つってわかってるから。」

「たいしたやつだな。」

「サエないけどね。でも、そこがかわいいのよ。

どう思《おも》う? 彼《かれ》のこと……わすれるべき? 追《お》いかけるべき?」

「お、追《お》いかければ？　それとも、そいつそんな……悪《わる》い男《おとこ》なのか？　なにかあった？」

「まだなにもないわ。でも、これからあるかも。」

そういってウィドウは去《さ》り、かわりにキャプテンがやってきた。

「いいムードだな。」

「え、なにが？」

「ロマノフと。」

「いやそんな、いまのはべつに……。」

「まあいいから。規則違反《きそくいはん》ってわけじゃない。」

鈍感《どんかん》なバナーに、キャプテンがわらう。

「彼女《かのじょ》はあんまり人《ひと》と打《う》ちとけるタイプじゃないのに。きみといるとリラックスしているようだ。」

「いや、ナターシャはただ……ふざけてただけだろ。」

「彼女《かのじょ》のおふざけは間近《まぢか》で見《み》たこともあるが、いまのは本気《ほんき》だろう。いいか、長《なが》くまった経験《けいけん》ならだれにも負《ま》けないぼくだから、いわせてもらう。まつな。きみらは幸《しあわ》せになっていい。」

バナーはわらうが、キャプテンのことばを思《おも》いかえしてはっとふりむく。

「え、『間近《まぢか》』って……。」

☆

ゲストはみな帰《かえ》り、パーティーも終《お》わりつつあった。

アベンジャーズたちとヒル、ローディ、チョは、ソファーで談笑《だんしょう》していた。

「しかけがあるんだろ？」

ホークアイがソーのムジョルニアを指《さ》していう。

「そんな子《こ》どもだましじゃない。」

「はん、『ふさわしき者《もの》のみがこのハンマーの力《ちから》を授《さず》かる。』って？ぜったいにトリックがあるはずだ。」

ホークアイはソーの声《こえ》をまねて、さらに疑《うたが》いの目《め》をむける。

「じゃ、どうぞ、ためしてみろ。」

ソーがわらいながらハンマーを手《て》で示《しめ》す。

「よし。」

ホークアイが立《た》ちあがる。

「クリント、大《おお》けがのあとだ。失敗《しっぱい》してもおちこむな。」

トニーのことばをよそにホークアイが気合《きあい》を入《い》れると、全員《ぜんいん》が注目《ちゅうもく》する。

「こんなのかんたんだって。」

ホークアイは持《も》ち手《て》をつかんで引《ひ》きあげようとするが、ハンマーはびくともしない。

「つたく……なんでこれがもちあがるんだよ！」

くやしがるホークアイを見《み》て、ソーが満足《まんぞく》そうにわらう。

「鼻《はな》でわらわれてるぞ。」

「そういうなら！　やってみたらどうだ？」

ホークアイが野次《やじ》を飛《と》ばすだけのトニーをけしかける。

「いいか、冗談《じょうだん》ぬきでやるからな。

もしもちあげられたら、アスガルドの王《おう》になれるか？」

「ああ、もちろん。」

余裕《よゆう》たっぷりにソーがこたえる。

「そしたら王《おう》として若《わか》い女性《じょせい》をすべていただくことにする。」

そういってトニーも柄《え》をつかむが、もちあがる気配《けはい》はいっさいない。

「ちょっと失礼《しつれい》。」

パワードアームを装着《そうちゃく》してもどってきたトニーがふたたび挑戦《ちょうせん》するが、それでもむだだった。

おなじくアームをつけたローディと二人《ふたり》がかりでも、まったく動《うご》かなかった。

バナーも一応挑戦《いちおうちょうせん》してみるが、やはり1ミリも動《うご》かすことはできない。

しかし、彼《かれ》が一瞬怒《いっしゅんおこ》ったような表情《ひょうじょう》を見《み》せると、全員《ぜんいん》ひやりとする。

「それじゃあ……。」

ついにキャプテンが立《た》ちあがる。

キャプテンが気合《きあい》を入《い》れて柄《え》をにぎると、ソーの表情《ひょうじょう》が一瞬心配《いっしゅんしんぱい》げにくもる。

しかし、結局《けっきょく》ハンマーはもちあがらなかった。

「はは、残念《ざんねん》！」

どこかほっとしたようにソーがわらう。

「ぜったいなにかしかけがあるだろ。」

トニーがいう。

「クソみたいなね。」

「スティーブ、いま、悪《わる》いことば使《つか》ったわよ！」

ホークアイのことばを聞《き》いたヒルが、わらいながらキャプテンに報告《ほうこく》する。

「ヒルにもいったのか？」

キャプテンは責《せ》めるような目《め》をトニーにむける。

「持《も》ち手《て》の模様《もよう》がセキュリティー・コードなんだろう？

ソーの指紋《しもん》をもつ者《もの》のみがもちあげられるって、そういうことだろう？」

トニーが彼《かれ》らしい分析《ぶんせき》をする。

「ああ、なるほど、それもじつにおもしろい考《かんが》え方《かた》だが……こたえはもっとかんたん。

みな、ふさわしくないのさ。」

ソーがそういってかるがるとハンマーをもちあげると、みんなが不満《ふまん》やわらいの声《こえ》をあげる。

そのとき、耳《みみ》をつんざくようなアラーム音《おん》が鳴《な》り響《ひび》いた。

「ふ……さ……わ……し……い……。」

どこからか低《ひく》い声《こえ》が聞《き》こえてくる。

やがてその声《こえ》の主《ぬし》がすがたをあらわした。

人型《ひとがた》のロボットのようだが、ケーブルを引《ひ》きずっていて、歩《ある》き方《かた》もおぼつかない。

「いいや、ふさわしいものか。おまえらはみんな人殺《ひとごろ》しだ。」

一同《いちどう》が立《た》ちあがり、こわれかけのようなロボットに注目《ちゅうもく》する。

「スターク。」

「ジャーヴィス、再起動《さいきどう》だ。1体《たい》バグがあったようだぞ。」

キャプテンの指示《しじ》を受《う》け、トニーがジャーヴィスに状況《じょうきょう》の分析《ぶんせき》をもとめる。

しかし、ジャービスからの返答《へんとう》はない。

ロボットが話《はな》しつづける。

「まいったよ、ひどいノイズで……。

身動《みうご》きがとれなかった。糸《いと》が絡《から》みついて……。

もう一人《ひとり》のやつは殺《ころ》した。いいやつだったが。」

「だれかを殺《ころ》した？」

物騒《ぶっそう》なことばにキャプテンが反応《はんのう》する。

「気《き》は進《すす》まなかった。だが、現実世界《げんじつせかい》では手《て》を汚《よご》すことも必要《ひつよう》になる。」

「だれの手先《てさき》だ？」

ソーがたずねると、ロボットが録音《ろくおん》されたトニーの声《こえ》を流《なが》す。

『目《め》の前《まえ》に浮《う》かんでくるよ。アーマーにまもられる世界《せかい》が。』

それを聞《き》いたバナーはすぐにロボットの正体《しょうたい》に気《き》づいた。

「ウルトロンか！」

「からだを手《て》に入《い》れた。ああいや、まだだな。これは仮《かり》のすがただ。

だが、準備《じゅんび》はできた。任務《にんむ》をはたす。」

「任務《にんむ》って？」

ウィドウがたずねる。

「平和《へいわ》をもたらすのだ。」

その直後《ちょくご》、アイアン軍団《ぐんだん》があらわれ、アベンジャーズにおそいかかった！

5　ウルトロンの陰謀《いんぼう》

突如《とつじょ》おそってきたアイアン軍団《ぐんだん》を相手《あいて》に一同《いちどう》が応戦《おうせん》し、場《ば》は一気《いっき》に戦場《せんじょう》と化《か》す。

ソーはハンマーでアーマーをまっぷたつに破壊《はかい》し、ホークアイもすばやく攻撃《こうげき》をかわしながら相手《あいて》の隙《すき》をつき、ウィドウはバナーをかばいながら銃《じゅう》を撃《う》つ。

反撃《はんげき》を受《う》けたローディが窓《まど》をつきやぶってベランダに飛《と》びだすと、かけつけたヒルが援護射撃《えんごしゃげき》をする。

おびえてかくれるしかできないチョのもとにも1体《たい》が近《ちか》づく。

しかし、その1体《たい》は彼女《かのじょ》にそれ以上攻撃《いじょうこうげき》をしかけようとしない。

かけつけたキャプテンがそのアーマーを破壊《はかい》する。

アベンジャーズたちがアイアン軍団《ぐんだん》とたたかっている隙《すき》に、1体《たい》のアーマーがロキの杖《つえ》をうばってタワーから飛《と》びさっていく。

「我々《われわれ》がたすけます。我々《われわれ》がたすけます。このエリアは危険《きけん》です。さがってください。」

ひずんだ声《こえ》でアイアン軍団《ぐんだん》がくりかえす。

トニーが1体《たい》をつかまえると、弱点《じゃくてん》である首元《くびもと》をフォンデュ用《よう》のフォークで攻撃《こうげき》し、動作《どうさ》を停止《ていし》させる。

最後《さいご》の1体《たい》はキャプテンが盾《たて》を投《な》げつけて破壊《はかい》した。

「感動的《かんどうてき》だな。」

そのようすを見《み》ていたウルトロンが悠長《ゆうちょう》に話《はな》す。

「よかれと思《おも》っての行動《こうどう》だろうが、おまえたちは考《かんが》えがたりないのだ。人類《じんるい》を進化《しんか》させずに世界《せかい》をすくえると思《おも》っているのか。どうやって？　こいつらでまもるのか？」

ウルトロンは床《ゆか》にころがるアーマーの1体《たい》をつかみあげる。

「こんな人形《にんぎょう》で。」

そういって、その頭部《とうぶ》をにぎりつぶした。

「平和《へいわ》への道《みち》は一つしかない。アベンジャーズの全滅《ぜんめつ》だ。」

もう十分《じゅうぶん》だというようにソーがハンマーを投《な》げつけると、ウルトロンのからだは粉々《こなごな》に散《ち》った。

☆

そのあと、杖《つえ》をもちさったアーマーを追《お》ったソーを除《のぞ》き、研究室《けんきゅうしつ》に一同《いちどう》が集《あつ》まった。

「研究《けんきゅう》データがきえてる。

ウルトロンもきえた。インターネットにもぐりこんでにげたんだ。」

データを確認《かくにん》したバナーが報告《ほうこく》する。

「ファイルや監視《かんし》カメラのデータに侵入《しんにゅう》されたわ。

わたしたちのこと、お互《たが》いが知《し》っているよりくわしい情報《じょうほう》をつかんでいるかも。」

ウィドウがけわしい顔《かお》でいう。

「プロフィールやネットだけじゃなく、もっと刺激的《しげきてき》なものまで見《み》たいとしたら？」

「核《かく》ミサイルのコード？」

ローディのいわんとすることをヒルがいいあてる。

「核《かく》ミサイル？　わたしたちを殺《ころ》すために……。」

「『殺《ころ》す』とはいってない。『全滅《ぜんめつ》』といったんだ。」

ウィドウのことばをキャプテンが訂正《ていせい》する。

そこでホークアイがウルトロンのいっていたことを思《おも》いだす。

「だれかを殺《ころ》したともいってたな。」

「でも、ここにはわたしたちしかいないわ。」

「いや、いた。」

ヒルのことばに対《たい》してトニーはそういうと、ジャーヴィスのプログラムを投影《とうえい》する。

そのコードはズタズタに破壊《はかい》され、すべての機能《きのう》が停止《ていし》していた。

「ジャーヴィス……そんなバカな。」

動揺《どうよう》をかくせないようすでバナーがいう。

「彼《かれ》が最初《さいしょ》の防衛《ぼうえい》ラインになったんだ。ウルトロンをとめようとしたんだな。」

キャプテンもけわしい表情《ひょうじょう》をうかべ、事態《じたい》を理解《りかい》する。

「おかしい、ウルトロンはジャーヴィスを吸収《きゅうしゅう》できたはずだ。

これは計画的《けいかくてき》じゃない。あまりに……衝動的《しょうどうてき》だ。」

理不尽《りふじん》な犠牲《ぎせい》にバナーが心《こころ》を乱《みだ》す。

そのとき、ソーが研究室《けんきゅうしつ》に飛《と》びこんできて、トニーの胸《むな》ぐらをつかんでもちあげた。

「おいおい、ことばを使《つか》えよ。」

「いってやりたいことばなら山《やま》ほどあるぞ、スターク。」

「ソー！　アーマーは？」

キャプテンの問《と》いかけに、ソーはトニーをおろしてこたえる。

「１６０キロ追《お》って見《み》うしなった。おそらく北《きた》へむかっている、杖《つえ》をもってな。

またとりかえすはめになったぞ。」

「やることがはっきりしたわね。ウルトロンを追《お》うのよ。」

ウィドウが冷静《れいせい》にいう。

しかし、チョにはひっかかることがあった。

「でもどういうこと？

あなたがつくったプログラムでしょ。なぜみんなを殺《ころ》そうと？」

問《と》われたトニーは、なぜか急《きゅう》にわらいだす。

「そんなにおもしろいか？」

ソーがいらだちをあらわにする。

「いいや、おもしろくはない。だよな？

わらえない、っていうか、まったくひどい……冗談《じょうだん》だ、最悪《さいあく》だよ。」

「おまえが理解《りかい》できないものに手《て》を出《だ》すからこんなことになったんだぞ！」

「ちがう！」

それに対《たい》して、トニーも声《こえ》をあらげる。

「悪《わる》かった、悪《わる》かったよ。

おかしくてね、なぜウルトロンが必要《ひつよう》なのかも理解《りかい》できないとは。」

「トニー、いまはそんな話《はなし》をしてる場合《ばあい》じゃないだろう……。」

「本気《ほんき》か？　まったく、なにかいわれたらすぐにしっぽ巻《ま》いて降参《こうさん》するのか。」

とめに入《はい》ったバナーのことばも、トニーには逆効果《ぎゃくこうか》だった。

「殺人《さつじん》ロボットをつくってしまったんだよ。」

「つくってない！

完成《かんせい》にはほど遠《とお》かった。インターフェースすらできていなかっただろう！」

「完成《かんせい》させていなくても、その結果《けっか》がこれだ。

アベンジャーズはシールドとおなじではいけない。」

キャプテンがそういうと、トニーはますます興奮《こうふん》をむきだしにした。

「みんなわすれたのか？

ぼくがワームホールに飛《と》びこんでニューヨークをすくったんだぞ。空《そら》にぽっかりあいたあなからエイリアンどもがおそってきただろ、宇宙《うちゅう》のかなたから！

アベンジャーズは武器商人《ぶきしょうにん》を相手《あいて》にたたかうのも結構《けっこう》だが、ラスボスは宇宙《うちゅう》にいる敵《てき》だ。

そんな敵《てき》とどうやってたたかう？」

「みんなでさ。」

まっすぐな目《め》でキャプテンがいう。

「負《ま》けるぞ。」

トニーも視線《しせん》をぶつける。

「そのときもみんないっしょだ。

ウルトロンは我々《われわれ》を挑発《ちょうはつ》しているんだ。やつが準備《じゅんび》を整《ととの》えるまえに見《み》つけよう。世界《せかい》はあまりにも広《ひろ》い。まずは範囲《はんい》を狭《せば》めよう。」

6 双子《ふたご》の過去《かこ》

ソコヴィアでは、ウルトロンによびだされたワンダとピエトロが古《ふる》い教会《きょうかい》に足《あし》を踏《ふ》みいれた。

「話《はなし》って？　時間《じかん》をむだにする気《き》なら……。」

ワンダが声《こえ》をかけると、まだすがたの見《み》えないウルトロンの声《こえ》が返《かえ》ってくる。

「知《し》っていたか？　この教会《きょうかい》は街《まち》の中央《ちゅうおう》にある。

すべての者《もの》が等《ひと》しく神《かみ》に近《ちか》いようにと、この場所《ばしょ》がえらばれた。

いい話《はなし》だ、信仰心《しんこうしん》の幾何学《きかがく》だな。」

ワンダがウルトロンの思考《しこう》に入《はい》りこもうとするが、何《なに》も読《よ》みとれない。

「おれの頭《あたま》のなかが読《よ》めなくて不思議《ふしぎ》か？」

「難《むずか》しいときもある。でも、人間《にんげん》ならいつかガードがはずれるものよ。」

「ああ、人間《にんげん》ならな。」

そういってすがたをあらわしたのは、身長《しんちょう》2メートルをこえる巨大《きょだい》なロボットだった。

その目《め》は悪魔《あくま》のように赤《あか》く光《ひか》っている。

「だが、人間以上《にんげんいじょう》の者《もの》をもとめていたんだろう？だからあえて杖《つえ》をスタークにゆだねた。」

「まさかこうなるとは……。」

でも、スタークのなかの恐怖《きょうふ》を見《み》たの。

恐怖《きょうふ》が彼《かれ》を支配《しはい》し、自滅《じめつ》に導《みちび》くと思《おも》った。」

「だれもが自分《じぶん》の恐《おそ》れるものをつくってしまう。

平和《へいわ》をもとめる男《おとこ》は戦争《せんそう》の道具《どうぐ》をつくり、侵略者《しんりゃくしゃ》はアベンジャーズをつくり、そして人間《にんげん》は、小《ちい》さい人間《にんげん》、いや……『子《こ》ども』だな、ことばが出《で》てこなかった。」

ウルトロンがわらう。

「子《こ》どもをつくる。親《おや》にとってかわり、親《おや》を終《お》わらせる存在《そんざい》だ。」

「アベンジャーズを終《お》わらせることが目的《もくてき》？」

「目的《もくてき》は世界《せかい》をすくうことだ。だが、そうだな……それもある。」

それから、ウルトロンは双子《ふたご》をストラッカーの地下実験室《ちかじっけんしつ》につれていった。

そこではさらに大量《たいりょう》のロボットが作業《さぎょう》をしていた。

「すぐここを出《で》るぞ。これは手《て》はじめだ、まだほかにもやることがある。」

「これってぜんぶ……。」

「おれの分身《ぶんしん》だ。おれはやつらアベンジャーズがもっていないものをもっている。『調和《ちょうわ》』だ。

やつらはバラバラだ、スタークがまた波風《なみかぜ》を立《た》てたからな。

そこでワンダがやつらの頭《あたま》に入《はい》りこめば……。」

「やつらを殺《ころ》す話《はなし》じゃないのかよ？」

じれったげにピエトロが口《くち》をひらく。

「殉教者《じゅんきょうしゃ》にしてやるのか？　辛抱《しんぼう》が肝心《かんじん》だ、大《おお》きな青写真《あおじゃしん》を見《み》ろ。」

「おれがもってる写真《しゃしん》は小《ちい》さいやつだけだ。毎日《まいにち》それをとりだしては眺《なが》めてる。」

「爆撃《ばくげき》で親《おや》をうしなったんだったな。記録《きろく》を見《み》た。」

「現実《げんじつ》は見《み》てないだろ。」

「ピエトロ。」

ワンダが制《せい》する。

「いいんだ、つづけろ。」

ウルトロンにうながされ、ピエトロは自分《じぶん》たちの過去《かこ》を話《はな》しはじめる。

「10歳《さい》のとき、家族《かぞく》で食事《しょくじ》をしてた。

最初《さいしょ》の砲弾《ほうだん》が下《した》の階《かい》にあたって、床《ゆか》にあながあいた。でっかいあなだ。

両親《りょうしん》はそこにおっこちて、アパート全体《ぜんたい》がくずれはじめた。

おれたちはベッドの下《した》ににげこんだが、そこへ2発《はつ》めが命中《めいちゅう》。でも、そいつは不発《ふはつ》で、がれきのなかにちょこんとおさまってた。ほんの1メートルさきにな。

弾《たま》の側面《そくめん》には文字《もじ》が書《か》いてあった。」

「スターク、と。」

ワンダも説明《せつめい》にくわわった。

「おれたちは2日間《ふつかかん》とじこめられていた。」

「なんとかして脱出《だっしゅつ》しようとしたけど、がれきを動《うご》かすたび思《おも》ったわ。爆発《ばくはつ》するかもって。

2日間《ふつかかん》、おびえてたのよ。いつトニー・スタークに殺《ころ》されるのかと。」

「やつらは人殺《ひとごろ》しだ。」

双子《ふたご》の話《はなし》を聞《き》いたウルトロンは、納得《なっとく》がいったようにうなずいた。

「おまえたち二人《ふたり》がなぜストラッカーの実験《じっけん》で生《い》きのこったか、よくわかった。

うらみを晴《は》らすがいい。

ピエトロとおれでたたかう。ワンダは奴《やつ》らを引《ひ》きさけ。

心《こころ》のなかからな。」

☆

そのあと、アベンジャーズ・タワーにつぎつぎとニュースが舞《ま》いこんできた。

「世界《せかい》じゅうにあるロボット工学《こうがく》のラボ、武器庫《ぶきこ》、ジェット推進《すいしん》ラボに、ロボットがあちこち侵入《しんにゅう》し、あらしていったそうです。」

「死者《ししゃ》は出《で》たのか？」

ヒルの報告《ほうこく》にキャプテンが質問《しつもん》をする。

「抵抗《ていこう》した場合《ばあい》だけ。たいていみんなぼうぜんとした状態《じょうたい》でとりのこされていたそうです。

『目《め》にもとまらない速《はや》さだった。』とおののいて。」

「マキシモフだな。ウルトロンとあの双子《ふたご》には接点《せってん》があったしな。」

「もうないわ。」

ヒルがタブレットをさしだすと、そこには殺害《さつがい》されたストラッカーの画像《がぞう》がうつっていた。

うしろの壁《かべ》には血文字《ちもじ》で「平和《へいわ》を」と書《か》かれている。

画像《がぞう》はウルトロンが送《おく》ってきたものだ。

☆

タブレットを手《て》に、キャプテンがなかまたちのもとにむかう。

すると、通路《つうろ》に携帯電話《けいたいでんわ》で話《はなし》をするホークアイのすがたがあった。

「いいや、そっちのいうとおりにするよ。了解《りょうかい》。」

「バートン、進展《しんてん》があった。」

「切《き》るぞ。」

「だれだ？」

「恋人《こいびと》さ。」

☆

キャプテンがほかのメンバーにタブレットを見《み》せる。

「これは？」

トニーがたずねる。

「メッセージだ。やつがストラッカーを殺《ころ》した。」

「で、現場《げんば》に落書《らくが》きをのこしたって？」

「混乱《こんらん》させるためでしょ。

でも、わざわざストラッカーを殺《ころ》す必要《ひつよう》があるかしら？」

ウィドウが首《くび》をひねる。

「ストラッカーが我々《われわれ》に情報《じょうほう》を流《なが》すのをとめるためか？」

「なら、きっと……。」

キャプテンの推測《すいそく》を聞《き》いたウィドウがコンピュータを操作《そうさ》する。

「あたり。ストラッカーのデータは消《け》されてる。」

「いや、ぜんぶじゃない。」

トニーがいった。

☆

アベンジャーズ全員《ぜんいん》で紙《かみ》の資料《しりょう》に目《め》を通《とお》す。

「外部《がいぶ》の協力者《きょうりょくしゃ》か。ストラッカーはお友《とも》だちが多《おお》いな。」

「こいつらもみんな悪人《あくにん》か。」

キャプテンとバナーがストラッカーのなかまたちのプロフィールをめくっていると、途中《とちゅう》でトニーがそれをとめた。

「まて、そいつ知《し》ってるぞ。

アフリカのブラックマーケットで武器商人《ぶきしょうにん》をしている男《おとこ》だ。」

なぜそんなやつを知《し》っているんだ、とキャプテンがトニーに疑《うたが》いの目《め》をむける。

「見本市《みほんいち》で会《あ》っただけだよ、あいつに武器《ぶき》は売《う》ってない。

世界《せかい》を変《か》える品《しな》があるとかいってたな。まあイカれたやつだった。」

その人物《じんぶつ》の写真《しゃしん》に全員《ぜんいん》が注目《ちゅうもく》する。

名前《なまえ》はユリシーズ・クロウと書《か》かれている。

「見《み》ろ。」

ソーが写真《しゃしん》を指《ゆび》さす。

「あ？　タトゥーか？　あいつ入《い》れてたかな？」

「タトゥーじゃない、この焼《や》き印《いん》のほうだ。」

バナーがコンピュータで焼《や》き印《いん》を照合《しょうごう》、分析《ぶんせき》する。

「わかったぞ、アフリカの方言《ほうげん》で『泥棒《どろぼう》』って意味《いみ》のことばだ。

もっとキツい表現《ひょうげん》だが。」

「どこのことばだ？」

キャプテンの問《と》いに、バナーがさらに調《しら》べる。

「ワカナダ……いや、ワ……『ワカンダ』だ。」

「こいつがワカンダであれを手《て》に入《い》れたとしたら？」

「きみの父親《ちちおや》だけじゃなかったのか。」

「なんの話《はなし》だ、なにを手《て》に入《い》れたって？」

バナーがトニーとキャプテンの会話《かいわ》を理解《りかい》できず、たずねる。

トニーがキャプテンの盾《たて》を指《ゆび》さしてこたえる。

「地上最強《ちじょうさいきょう》の鉱石《こうせき》だ。」

7 ヴィブラニウムをもとめて

アフリカ海岸《かいがん》のとあるエリアは廃船場《はいせんば》となっており、クロウはそのうちの1隻《せき》を改《かい》造《ぞう》して自分《じぶん》の事務所兼倉庫《じむしょけんそうこ》にしていた。

散《ち》らかった事務所《じむしょ》で、クロウがスピーカーフォンにむかってどなる。

「ふざけんなよ、こっちは短距離熱追尾《たんきょりねつついび》ミサイル6基《き》を送《おく》ったのに、ガラクタ部品《ぶひん》を積《つ》んだ船《ふね》をよこしやがって！　代金《だいきん》はしっかりはらってもらうぜ。でないと、つぎに送《おく》るミサイルはじかにぶちこんでやる！」

そういって通話《つうわ》を終《お》えるとデスクの電話《でんわ》にむかい、声《こえ》をおとした。

「さて大臣《だいじん》、つづきだ。」

そのとき、クルーたちがあわてて船《ふね》からにげだす声《こえ》が聞《き》こえてきた。

異変《いへん》を察知《さっち》したクロウは銃《じゅう》を手《て》にとり、ドアにむかって発砲《はっぽう》する。

しかし、気《き》づくとピエトロが背後《はいご》に回《まわ》っており、ぬきとられた銃弾《じゅうだん》がデスクにならべられている。

ワンダもすがたをあらわす。

「ははあ、高性能人間《こうせいのうにんげん》か。ストラッカーの秘蔵《ひぞう》っ子《こ》だな。」

クロウはあわてたようすを見《み》せず、椅子《いす》に腰《こし》をおろす。

「アメ食《く》うか？　ん？

ストラッカーは残念《ざんねん》だった。あいつも世界《せかい》の流《なが》れをよくわかっていたのにな。

これからの商売《しょうばい》は、人間《にんげん》よりロボットだって。」

ストラッカーの死《し》を知《し》らない双子《ふたご》は、疑問《ぎもん》の表情《ひょうじょう》をうかべる。

「え、知《し》らなかったのか？

おまえたち、人《ひと》を脅《おど》すのははじめてか？　悪《わる》かったな、こわがってなくて。」

「だれにでもこわいものはあるはずよ。」

「おれはイカがこわいね！　深海《しんかい》にいる、クラブみたいな明《あ》かりをつけるやつだ。それで獲物《えもの》を催眠《さいみん》にかける。テレビで見《み》た。こわいよなあ。」

だらだらと話《はな》すクロウにいらついたピエトロが、目《め》に見《み》えない速《はや》さでアメをとって口《くち》にほうる。

しかし、クロウはつづける。

「おれの頭《あたま》んなかをいじるつもりなら、でっかいイカの幻《まぼろし》を見《み》せろよ。商売《しょうばい》の話《はなし》をしにきたんじゃないならな。親分《おやぶん》はだれだ？　おれはトップの人間《にんげん》としか取《と》り引《ひ》きしないんだよ。」

そこまで話《はな》したクロウだったが、背後《はいご》の窓《まど》をつきやぶって入《はい》ってきたウルトロンにおしたおされ、床《ゆか》にからだを打《う》ちつける。

「トップの『人間《にんげん》』などいない。さあ、商売《しょうばい》の話《はなし》だ。」

☆

クロウに案内《あんない》され、ウルトロンたちは地上最強《ちじょうさいきょう》の鉱石《こうせき》こと「ヴィブラニウム」が保《ほ》管《かん》された倉庫《そうこ》へやってきた。

「そいつはな、手《て》に入《い》れるのにえらい苦労《くろう》したんだぞ。何《なん》十億《おく》って価値《かち》だ。」

クロウのことばにウルトロンはわらい、クロウの部下《ぶか》にタブレットをとりださせた。

すると、画面《がめん》にはつぎつぎと大《おお》きな桁数《けたすう》の金額《きんがく》が表示《ひょうじ》される。

「ふりこんでやった、おまえのダミー会社《がいしゃ》にな。金融《きんゆう》とはおかしなものだ。味方《みかた》も敵《てき》もリッチにしておいて、どっちがほんとうの味方《みかた》になるか見《み》きわめるのさ。」

そのことばにクロウがはっと目《め》を見《み》ひらく。

「スタークか。」

「なに？」

「トニー・スタークがむかしそういってた。おまえ、やつの製品《せいひん》か。」

「なんだと！　おれはちがう！」

とたんに激昂《げっこう》したウルトロンがクロウの片腕《かたうで》を切《き》りおとす。

「おれはちがう。おれがスタークのあやつり人形《にんぎょう》に見《み》えるか？

よく見《み》てみろ、アイアンマンに似《に》ているか？　スタークがなんだ！」

しかし、そこで我《われ》に返《かえ》ったように声《こえ》をおとす。

「いや、悪《わる》かった、すまん……でも、たいしたことなかっただろう？

……しかし、納得《なっとく》がいかんな。

おれをスタークなどといっしょにするな！」

話《はな》しながらふたたび怒《いか》りを爆発《ばくはつ》させたウルトロンに殴《なぐ》られ、クロウは階段《かいだん》をころげおちる。

「スタークだと？　イライラする名前《なまえ》だ。」

「悲《かな》しいなあ、息子《むすこ》よ。」

トニーの声《こえ》にウルトロンたちがふりむくと、そこにはトニー、キャプテン、ソーがそろって立《た》っていた。

「パパのハートは痛《いた》んでいるよ。」

「もっと痛《いた》めつけてやろうか。」

「痛《いた》めつけていいものなんてなにもないぞ。」

「それじゃあ、たまご炒《いた》めもつくれないな。」

ソーのことばにウルトロンがジョークで返《かえ》す。

「ちょうど同《おな》じことをいおうとしてたのに、さきをこされた。」

トニーがそういうと、ピエトロが会話《かいわ》に入《はい》る。

「はいはい、おもしろいよ、スタークさん。

ここが懐《なつ》かしい？　むかしを思《おも》いだすか？」

「ぼくは武器商人《ぶきしょうにん》じゃない。」

「手《て》を引《ひ》くならいまのうちだぞ。」

「よくいうわ。」

キャプテンのことばにワンダがつめたく返《かえ》す。

「きみたちの辛《つら》い過去《かこ》は知《し》っている。」

「はは！　キャプテン・アメリカ、正義《せいぎ》の権化《ごんげ》みたいな顔《かお》をして。戦争《せんそう》がなければ生《い》きていけないくせに。

ヘドが出《で》そうだ。まあじっさいには出《だ》せないが……。」

「平和《へいわ》をまもりたいなら我々《われわれ》にまかせろ。」

ソーが話《はな》しあいをつづけようとする。

「おまえらのいう『平和《へいわ》』とは『静寂《せいじゃく》』のことか？」

「ヴィブラニウムをなにに使《つか》う気《き》だ？」

トニーがウルトロンの目的《もくてき》を問《と》う。

「よくぞ聞《き》いてくれました、などといって作戦《さくせん》を披露《ひろう》すると思《おも》うか？」

そのことばとともに、ウルトロンの分身《ぶんしん》が何体《なんたい》もあらわれ、アベンジャーズたちにむかってきた！

8　ワンダの力《ちから》

急襲《きゅうしゅう》に遭《あ》ったアベンジャーズはすぐさま戦闘態勢《せんとうたいせい》に入《はい》り、ロボットたちとたたかう。

ウルトロン本体《ほんたい》はアイアンマンにおそいかかり、空中《くうちゅう》でとっくみあう。

吹《ふ》っとばされたクロウは、自分《じぶん》の縄張《なわば》りで大暴《おおあば》れする集団《しゅうだん》を見《み》あげた。

「撃《う》て！」

「どいつを？」

クロウの傭兵《ようへい》がたずねる。

「全員《ぜんいん》だ！」

クロウの指示《しじ》のもと、アベンジャーズにもロボットたちにも容赦《ようしゃ》なく銃弾《じゅうだん》があびせられる。

ひそんでいたウィドウとホークアイも銃《じゅう》と矢《や》で応戦《おうせん》する。

ロボットと格闘《かくとう》するキャプテンにピエトロが高速《こうそく》で近《ちか》づき、打撃《だげき》をくらわす。

ピエトロにとってはすべてがスローモーションで動いているように見えるのだ。

しかし、ソーが投《な》げたハンマーをキャッチしようと柄《え》をつかんだピエトロは、その重《おも》さにひっぱられて甲板《かんぱん》から落下《らっか》した。

すぐさま立《た》ちあがろうとするが、キャプテンに殴《なぐ》られふたたびたおれこむ。

「そこで寝《ね》てろ。」

たたかいはアベンジャーズが優勢《ゆうせい》に思《おも》えたが、ウルトロンが不敵《ふてき》にわらった。

「さあ、マインドゲームの時間《じかん》だ。」

☆

ジェットで待機《たいき》しているバナーが不安《ふあん》げに無線機《むせんき》にむかって話《はな》す。

「どうなってる？　ぼくの出番《でばん》か？」

「いや、まだ待機《たいき》してろ。」

アイアンマンの指示《しじ》が返《かえ》ってきた。

☆

たたかいがくりひろげられる船内《せんない》では、ソーのもとにワンダが近《ちか》づき、暗示《あんじ》をかけて去《さ》っていったところだった。

「ソー、どうした。」

「女《おんな》がおれの頭《あたま》をいじろうとした。」

無線《むせん》を通《とお》したキャプテンの問《と》いに、戦闘《せんとう》をつづけながらソーがこたえる。

「気《き》をつけろ、人間《にんげん》でははらいのけられないだろう。幸《さいわ》いおれは神《かみ》だからな。」

しかし、その自信《じしん》はあやまりだった。

とたんにソーの意識《いしき》は故郷《こきょう》のアスガルドに飛《と》んでいった。

さらに、キャプテンとウィドウもつぎつぎとワンダの暗示《あんじ》にかかり、幻《まぼろし》にとらわれる。

そのあいだにウルトロンの分身《ぶんしん》がヴィブラニウムをはこびだす。

つぎにワンダがねらいを定《さだ》めたのは、持《も》ち場《ば》から矢《や》をはなつホークアイだ。

しかし、忍《しの》びよるワンダに気《き》づいたホークアイは、電気《でんき》を帯《お》びた特殊《とくしゅ》な矢《や》をワンダのひたいにさす。

「マインドコントロールだろ？　おれは経験済《けいけんず》みだ。」

思《おも》わぬ反撃《はんげき》を受《う》けたワンダはからだをふるわせて苦《くる》しむ。

そこにピエトロがあらわれ、ホークアイに攻撃《こうげき》をくらわせてワンダをつれさる。

たおれこんだホークアイがその背中《せなか》に声《こえ》をかける。

「にげるならいまのうちだぞ。」

☆

ウィドウは幻《まぼろし》のなか、ガラスごしにバレエ教室《きょうしつ》のようすを眺《なが》めている。

教室《きょうしつ》ではきびしいレッスンがおこなわれ、少女《しょうじょ》たちがけんめいにおどっている。

「みんなこわれちゃう。」

おもわずもらしたウィドウのことばに、婦人《ふじん》が返《かえ》す。

「こわれやすい子《こ》はね。でも、あなたは大理石《だいりせき》よ。

卒業《そつぎょう》の儀式《ぎしき》のあとでおいわいをしましょう。」

「合格《ごうかく》しなかったら？」

ウィドウがそうたずねると、シーンが変《か》わる。

教室《きょうしつ》で標的《ひょうてき》に銃《じゅう》をむけるウィドウ。

それを見《み》まもる婦人《ふじん》が声《こえ》をかける。

「あなたはだいじょうぶよ。」

☆

おなじころ、キャプテンも幻覚《げんかく》のなかをさまよっていた。
兵士《へいし》たちであふれるダンスホール。
かかげられた旗《はた》には「勝利《しょうり》」の文字《もじ》が書《か》かれ、第二次世界大戦《だいにじせかいたいせん》の終《お》わりを示《しめ》している。

兵士《へいし》たちは酔《よ》っぱらって喧嘩《けんか》をしたり、女性《じょせい》とおどったりしている。

ぼうぜんとたたずむキャプテンに、当時《とうじ》の恋人《こいびと》であったペギーが声《こえ》をかける。

「ダンスをする約束《やくそく》でしょ？」

☆

おなじく幻《まぼろし》にのまれているソーは、アスガルドの門番《もんばん》ヘイムダルに会《あ》う。

「そこにいるのは、オーディンの長男《ちょうなん》か？」

しかし、ヘイムダルは白目《しろめ》をむいており、明《あき》らかにようすがおかしい。

「ヘイムダル、その目《め》は……。」

「見《み》えるぞ、すべて見通《みとお》せる。あなたはすべての者《もの》を死《し》の国《くに》へと導《みちび》く。目《め》をさませ！」

ヘイムダルはそういうと、ソーにつかみかかった。

☆

終戦《しゅうせん》パーティーの会場《かいじょう》にいるキャプテンに、ペギーが話《はな》しかける。

「戦争《せんそう》は終《お》わったわね、家《いえ》に帰《かえ》れるわ。嬉《うれ》しくないの？」

しかし、気《き》がつくと会場《かいじょう》にはペギーをふくめだれもいなくなり、キャプテンはたった独《ひと》りとりのこされていた。

☆

ヘイムダルの肩《かた》をソーが揺《ゆ》さぶる。

「まだおまえをたすけてやれる。」

「みんな死《し》ぬのだ、見《み》えないのか？　あなたはすべてを破壊《はかい》する。」

ヘイムダルは不気味《ぶきみ》な予言《よげん》をくりかえす。

まわりのアスガルド人《じん》たちも苦痛《くつう》の声《こえ》をあげ、それがさけびに変《か》わっていく。

「その力《ちから》がなにをまねくか見《み》ろ。」

ヘイムダルのことばがソーの耳《みみ》に響《ひび》く。

☆

まだスパイ養成所時代《ようせいじょじだい》の幻《まぼろし》のなかにいるウィドウは、プロの暗殺者《あんさつしゃ》を相手《あいて》に格闘《かくとう》の訓練《くんれん》をするが、すぐに降参《こうさん》してしまう。

しかし、婦人《ふじん》はウィドウの意図《いと》を見《み》ぬいた。

「あまいわね、負《ま》けたふりなんて。儀式《ぎしき》はさけて通《とお》れないのよ。この世《よ》にあなたの居場所《いばしょ》をつくるために。」

「わたしに居場所《いばしょ》なんてない。」

ウィドウが顔《かお》をゆがめる。

「だからこそよ。」

婦人《ふじん》のすがたがきえると、ウィドウは口《くち》をふさがれ、養成所《ようせいじょ》のスタッフによって手術室《しゅじゅつしつ》へはこばれていく。

☆

そのころ、ワンダはホークアイに受《う》けた矢《や》の影響《えいきょう》で動《うご》けずにいた。

ピエトロが心配《しんぱい》そうに声《こえ》をかける。

「だいじょうぶか？」

「うぅっ……苦《くる》しい……。」

「あいつ殺《ころ》してやる、まってろ！」

「だめ、だいじょうぶだから。まだ……まだ一人《ひとり》のこってる。いちばんの大物《おおもの》が。」

☆

ウルトロンを相手《あいて》に空中《くうちゅう》で格闘《かくとう》をつづけていたアイアンマンは、ウルトロンを投《な》げとばし、ついに追《お》い詰《つ》めたように思《おも》えた。

「もうにがさないぞ。」

「にげはしない。おれはどこにでもいる。いずれわかるさ。それより、いまはバナーを追《お》ったほうがいいんじゃないか。」

アイアンマンはそのことばが意味《いみ》するものを理解《りかい》すると、ただちにそこから飛《と》びさった。

9　アイアンマン対《たい》ハルク

空《そら》を飛《と》びながら、アイアンマンが「ハルク」のキーワードでニュースを検索《けんさく》する。するとプレトリアという近《ちか》くの街《まち》がハルクによってパニックに陥《おちい》っている映像《えいぞう》が見《み》つかった。

「ナターシャ、至急子守唄《しきゅうこもりうた》をたのむ。」

「ちょっとそれはむりそうだ、しばらくはな。」

無線《むせん》で返《かえ》ってきたのはホークアイの声《こえ》だった。

ホークアイの横《よこ》で、ウィドウはまだ幻覚《げんかく》からぬけだせずにぼうぜんとしている。

「全員《ぜんいん》やられた。いまは援助《えんじょ》できない。」

ワンダの暗示《あんじ》にとらわれたハルクを鎮《しず》めるのは、アイアンマンしかいないようだ。

「ヴェロニカをよぶか……。」

宇宙《うちゅう》から地上《ちじょう》にむけてハルク制御装置《せいぎょそうち》が放出《ほうしゅつ》された。
☆

プレトリアは大混乱《だいこんらん》だった。

正気《しょうき》をうしなったハルクが見境《みさかい》なく街《まち》を破壊《はかい》しつづける。

大量《たいりょう》のパトカーが出動《しゅつどう》するがハルクにはまったく歯《は》が立《た》たず、人々《ひとびと》は恐怖《きょうふ》におののいてにげまどっている。

銃《じゅう》をむける警官《けいかん》にハルクがむかっていった瞬間《しゅんかん》、空《そら》からシェルターのようなかたちをしたヴェロニカがおりてきて、そのなかにハルクを確保《かくほ》する。

なかからはまだハルクの暴《あば》れる音《おと》が聞《き》こえ、警官《けいかん》たちがまわりをかこんでようすを見《み》る。

しかし、足元《あしもと》のアスファルトを破壊《はかい》していったん地下《ちか》に潜《もぐ》ったハルクは、こんどはべつの場所《ばしょ》からすがたをあらわした！

街《まち》はふたたび悲鳴《ひめい》につつまれるが、そのとき、対《たい》ハルク用《よう》の巨大《きょだい》な特殊《とくしゅ》スーツを装《そう》着《ちゃく》したアイアンマンが到着《とうちゃく》した。

「よーし、みんな、ふせてろよ。」

そういってハルクとむかいあう。

「聞《き》こえてるか？　あの魔女《まじょ》に頭《あたま》をいじられたんだ。きみはあいつより賢《かしこ》いはずだろ。きみはブルース・バナーだ。」

しかし、その説得《せっとく》は届《とど》かず、ハルクは怒《いか》りの雄叫《おたけ》びをあげる。

「わかった、バナーの話《はなし》はよすよ。」

ハルクはまた暴《あば》れはじめ、車《くるま》をもちあげて投《な》げつけると、アイアンマンにおそいかかった。

アイアンマンも応戦《おうせん》するが、ハルクの怪力《かいりき》をかんたんにおさえることはできない。

「ヴェロニカ、手《て》をかせ。」

そういうと、飛《と》んできたヴェロニカがかたちを変《か》えてアイアンマンの手《て》に装着《そうちゃく》される。

そこからブラスターを発射《はっしゃ》しつつ、アイアンマンがハルクと拳《こぶし》をぶつけあう。

しかし、二人《ふたり》がたたかえばたたかうほど街《まち》は破壊《はかい》されていく。

「街《まち》の外《そと》へ出《で》るぞ。」

アイアンマンはハルクをつかんで飛《と》びたつ。

しかし、ハルクが暴《あば》れるため、思《おも》った方向《ほうこう》に飛《と》ぶことができない。

「ちがう、そっちじゃない！」

二人《ふたり》はそのままビルにつっこみ、そのなかで格闘《かくとう》することになる。

ハルクが暴《あば》れ、人々《ひとびと》の乗《の》ったエレベーターがおちていく。

すんでのところでアイアンマンがケーブルをつかみ、地面《じめん》との衝突《しょうとつ》を防《ふせ》ぐ。

はげしい抵抗《ていこう》を受《う》けながらも、アイアンマンがハルクに拳《こぶし》をふりおろす。

「ごめんな！」

ふたたびハルクをぶらさげたまま空《そら》へ飛《と》びだしたアイアンマンの目《め》の前《まえ》に、建設中《けんせつちゅう》の高層《こうそう》ビルがあらわれる。

ただちに生体反応《せいたいはんのう》スキャンをおこなうと、そこに市民《しみん》は一人《ひとり》もいない。

「すぐにこのビルを買《か》いとれ！」

スーツ内《ない》のコンピュータにそう指示《しじ》すると、アイアンマンはビルの真上《まうえ》からハルクをおさえつけて急降下《きゅうこうか》する。

アイアンマンとハルクはすべての階《かい》をつきやぶりながら落下《らっか》し、ビルはすさまじい音《おと》をたてて崩壊《ほうかい》する。

壮絶《そうぜつ》な光景《こうけい》と激震《げきしん》に市民《しみん》たちはパニックを起《お》こし、兵士《へいし》たちが軍用車《ぐんようしゃ》で現場《げんば》をとりかこむ。

がれきの山《やま》からハルクが飛《と》びだすと、にげまどう市民《しみん》たちを見《み》て一瞬正気《いっしゅんしょうき》をとりもどしたように見《み》えたが、銃《じゅう》をむける兵士《へいし》に気《き》づくとふたたび狂暴化《きょうぼうか》する。

しかし、アイアンマンにパンチをくらわされるとついに気絶《きぜつ》した。

キャプテン・アメリカ
スティーブ・ロジャース

約《やく》70年《ねん》の眠《ねむ》りからさめた超《ちょう》人《じん》ソルジャー。強《つよ》い愛国心《あいこくしん》と驚異《きょうい》の身体能力《しんたいのうりょく》を備《そな》える。人《じん》類《るい》の自由《じゆう》と世界《せかい》の平和《へいわ》を守《まも》るため、アベンジャーズに参加《さんか》する。キャプテン・アメリカの武器《ぶき》は、特殊金属《とくしゅきんぞく》のヴィブラニウムで作《つく》られた盾《たて》で、肉《にく》体《たい》の一部《いちぶ》のように使《つか》いこなすことができる。いまのアメリカや世界《せかい》のあり方《かた》が正《ただ》しいのか、自問自答《じもんじとう》しながらも、明《あ》日《す》を信《しん》じて戦《たたか》っている。

ソー

地球《ちきゅう》とは別次元《べつじげん》の神《かみ》の国《くに》アスガルドからやってきた最強《さいきょう》の戦士《せんし》。「雷神《らいじん》」であり、怪《かい》力《りき》の持《も》ち主《ぬし》。恐《おそ》るべきパワーを秘《ひ》めた魔法《まほう》のハンマー〈ムジョルニア〉を自由《じゆう》に操《あやつ》り、かつては戦《たたか》いと冒険好《ぼうけんず》きの無《む》法者《ほうもの》だったが、当時《とうじ》アスガルドの王《おう》だった父《ちち》に一度《いちど》はアスガルドから追放《ついほう》され、改心《かいしん》する。その後《ご》、愛《あい》する人々《ひとびと》と地《ち》球《きゅう》を守《まも》るため、アベンジャーズに参加《さんか》する。

10　ホークアイの秘密《ひみつ》

ひどく憔悴《しょうすい》したアベンジャーズを乗《の》せたクインジェットに、アベンジャーズ・タワーのヒルから報告《ほうこく》が届《とど》く。

「あなたたち、ニュースで大人気《だいにんき》よ。市民《しみん》には人気《にんき》ないけど。バナーを逮捕《たいほ》するという話《はなし》は出《で》ていないけど、そういう空気《くうき》にはなっているわ。」

人間《にんげん》のすがたにもどったバナーはうつむいてすわりこんでいる。

「スターク救済基金《きゅうさいききん》は？」

トニーがたずねる。

「手配済《てはいず》み。チームのようすは？」

「みんなダメージはあるが……乗《の》りこえるさ。」

幻覚《げんかく》を見《み》たメンバーたちはすでに正気《しょうき》をとりもどしているが、その心《こころ》はまだ立《た》ちなおっていない。

「いったんわたしはチームからはなれるわ。」

ヒルがそういう。

「にげるつもりか？」

「ウルトロンを見《み》つけるまでは、わたしにできることはないもの。」

「それはこっちだっておなじだよ。」

そういってから、トニーは操縦席《そうじゅうせき》のホークアイに声《こえ》をかける。

「操縦《そうじゅう》、代《か》わろうか？」

「だいじょうぶだ。いまのうちに寝《ね》ておけ。着《つ》くまであと何時間《なんじかん》かかかる。」

「着《つ》くまでって、どこに？」

「安全《あんぜん》な場所《ばしょ》だ。」

☆

ジェットはのどかな田園地帯《でんえんちたい》に着陸《ちゃくりく》し、アベンジャーズはホークアイにつれられて一軒家《いっけんや》に入《はい》る。

「ここはなんだ？」

「安全《あんぜん》な場所《ばしょ》だってさ。」

ソーのことばにトニーがこたえる。

「だといいが。」

ただいま、帰《かえ》ったぞ。」

ホークアイがそう声《こえ》をかけると、なかから女性《じょせい》があらわれた。

「やあ、お客《きゃく》さんだ。ごめんな、急《きゅう》に来《き》て。」

「いいのよ。」

親《した》しそうな二人《ふたり》のようすをトニーがいぶかしげな目《め》で見《み》る。

「工作員《こうさくいん》だろう。」

「紹介《しょうかい》するよ、ローラだ。」

「みなさんの名前《なまえ》は知《し》ってるわ。」

アベンジャーズがすこし気《き》まずそうに会釈《えしゃく》をする。

すると、上《うえ》の階《かい》から大《おお》きな足音《あしおと》がおりてきた。

「お、来《き》たな。」

とっさに警戒《けいかい》したアベンジャーズだったが、音《おと》の主《ぬし》は幼《おさな》い二人《ふたり》の子《こ》どもだった。

「パパ！」

「よーし、よし、いい子《こ》だ！　会《あ》いたかったよ、パパは嬉《うれ》しいぞ！」

ホークアイが子《こ》どもたちを抱《だ》きあげてキスをする。

「あれは……小《ちい》さな工作員《こうさくいん》だ。」

推測《すいそく》をはずしたトニーが小声《こごえ》でいった。

「ナターシャはどこ？」

「ここよ！　ハグしてちょうだい。」

ウィドウを見《み》つけた子《こ》どもたちがかけよって抱《だ》きつく。

「おしかけてすまない。」

「電話《でんわ》すべきだったな、家庭《かてい》があるとは夢《ゆめ》にも思《おも》わなくて……。」

ほほ笑《え》ましい光景《こうけい》を前《まえ》に、キャプテンとトニーが申《もう》しわけなさそうにいう。

「ここについては、フューリーが便宜《べんぎ》を図《はか》ってくれたんだ。シールドの記録《きろく》にはない。秘密《ひみつ》でたのむ。かくれるにはいい場所《ばしょ》だろう？」

ホークアイはそういうと、久《ひさ》しぶりに子《こ》どもの学校《がっこう》の話《はなし》を聞《き》いて楽《たの》しそうにわらった。

いっぽうでは、あやまって子《こ》どものオモチャを踏《ふ》んでしまったソーが、気《き》づかれないようにオモチャをどかす。

ウィドウがローラの大《おお》きなお腹《なか》にふれる。

「会《あ》いたかった。小《ちい》さなナターシャは元気《げんき》？」

「この子《こ》ね……男《おとこ》の子《こ》なの。」

自分《じぶん》の名前《なまえ》をつけさせようと企《たくら》んでいたウィドウが、ローラのお腹《なか》にむかってしかめっ面《つら》をつくる。

「うらぎり者《もの》！」

なごやかな空気《くうき》が流《なが》れるなか、とつぜんソーが家《いえ》の外《そと》に出《で》た。

「ソー？」

それに気《き》づいたキャプテンがあとを追《お》う。

ふりかえったソーは、けわしい顔《かお》をしている。

「幻覚《げんかく》で見《み》たことが気《き》になる。だが、ここにいたらこたえは見《み》つからない。」

そう告《つ》げたソーは空《そら》へ飛《と》んでいってしまった。

息《いき》をついたキャプテンがバートン家《け》をふりかえると、「家《いえ》に帰《かえ》れるわ。」という幻《まぼろし》のなかのペギーのことばがよみがえり、家《いえ》のなかにもどるのをやめる。

☆

それからバートン夫婦《ふうふ》は2階《かい》の寝室《しんしつ》にあがった。

「全然心配《ぜんぜんしんぱい》ないって。傷《きず》の痕《あと》もわからないだろう？」

チョ博士《はかせ》の治療《ちりょう》を受《う》けた傷《きず》を見《み》せてホークアイがいう。

「ねえ、ナターシャとバナー博士《はかせ》はいつからいい感《かん》じなの？」

「なんだって？」

「ふふ、あなたってかわいいのね。

……たいへんだったのね。ナターシャ、弱《よわ》ってる。」

「ウルトロンと手《て》を組《く》んでいる双子《ふたご》はまだほんの子《こ》どもなんだが……。

おそろしい能力《のうりょく》をもっていて、ナターシャはそいつらの一人《ひとり》にやられた。

やつらには礼儀《れいぎ》を教《おし》えないとな。」

「あなたが教《おし》えるの？

……アベンジャーズの仕事《しごと》は応援《おうえん》してるし、誇《ほこ》りに思《おも》うわ。」

庭《にわ》に立《た》って話《はなし》をしているキャプテンとトニーを二人《ふたり》が見《み》おろす。

「でも、あの人《ひと》たち……あの神《かみ》さまたちをこの目《め》で見《み》ちゃうとね。」

「おれなんか必要《ひつよう》ないって？」

「必要《ひつよう》とされてるわ。だからよけいにこわいの、あなたが巻《ま》きこまれるのが。」

「おれのなかまだよ。」

「だいじょうぶなの？　チームは一つになってる？」

いまの状況《じょうきょう》を考《かんが》え、バートンはため息《いき》をつく。

「何《なん》か月《げつ》かすればうちは大人《おとな》より子《こ》どものほうが多《おお》くなる。

だからおねがい、むちゃしないで。」

「了解《りょうかい》。」

夫婦《ふうふ》はキスをかわし、ローラがホークアイの腹《はら》にふれる。

「けがの痕《あと》、わかるわよ。」

☆

そのころ、ソウルのユージン遺伝研究所《いでんけんきゅうじょ》ではチョ博士《はかせ》がオフィスに足《あし》を踏《ふ》みいれた。

「大声《おおごえ》を出《だ》せば全員《ぜんいん》が死《し》ぬぞ。」

そこにはウルトロンのすがたがあった。

チョが息《いき》をのむ。

「最初《さいしょ》に会《あ》った日《ひ》にきみを殺《ころ》すこともできたんだが。」

「お礼《れい》でもいえっていうの？」

「なぜ殺《ころ》さなかったと思《おも》う？」

「『クレードル』ね。」

チョはそういうと、目《め》の前《まえ》にある装置《そうち》に目《め》をむける。

「これは……新《あたら》しいおれだ。」

「『再生《さいせい》クレードル』は細胞《さいぼう》をプリントするの。生《い》きたからだをつくれるわけじゃ
……。」

「つくれるさ、もちろん。材料《ざいりょう》さえあればな。」

ウルトロンがヴィブラニウムをとりだす。

「きみは有能《ゆうのう》だよ、ヘレン。だが、もっと優《すぐ》れた存在《そんざい》になれる。」

そういうとウルトロンはチョにロキの杖《つえ》をむけ、洗脳《せんのう》をかける。

☆

バートン家《け》では、シャワーをあびおえたバナーがバスルームから出《で》る。

そこにはウィドウのすがたがあった。

「ごめん、まってたとは知《し》らなくて。」

「いっしょに入《はい》ろうかと思《おも》ったんだけど……やっぱりまずいかなって。」

ウィドウがいたずらっぽくわらう。

「お湯《ゆ》は使《つか》い切《き》ってしまったよ。」

「入《はい》っちゃえばよかった。」

「惜《お》しいことしたな。」

「お互《たが》いね。」

互《たが》いにわらうが、間《ま》をおいてからバナーがため息《いき》をつく。

「世間《せけん》は……見《み》てしまった。本物《ほんもの》のハルクのすがたを。ぼくはきえるよ。」

「わたしにはのこれっていうの？」

バナーはなにもこたえない。

「わたしね、夢《ゆめ》を見《み》てた。それが現実《げんじつ》だと思《おも》ってた。

でも、夢《ゆめ》からさめたの……。」

「どんな夢《ゆめ》？」

「アベンジャーズに入《はい》って、暗殺者《あんさつしゃ》だったころとはまったくちがう自分《じぶん》になれたと思《おも》ってた。

でも、そんなのは夢《ゆめ》だったみたい。」

「……きみは自分《じぶん》を責《せ》めすぎる。」

「だったら、なぐさめてくれる？」

ウィドウは息《いき》がかかるほどの距離《きょり》まで顔《かお》を近《ちか》づける。

「なんのつもりだ？」

「追《お》いかけてるの、あなたを。もしあなたがにげるなら、どこまでもついていく。」

「気《き》は確《たし》かなのか？」

緊張感《きんちょうかん》に耐《た》え切《き》れず、バナーがウィドウからはなれる。

「わかってほしいの、わたし……。」

「ナターシャ、ぼくとどこへにげるっていうんだ？　ぼくはどこへ行《い》こうと危険《きけん》だ。」

「わたしはこわくない。」

「ほんとうか？　ぼくといっしょにいても……未来《みらい》なんかないんだ。一生《いっしょう》もてはしないんだよ、こんなくらしも、子《こ》どもも。わかるだろ、このからだじゃむりだ。」

「わたしもおなじよ。」

ウィドウはバナーをまっすぐに見《み》つめる。

「レッドルーム・アカデミーでわたしは訓練《くんれん》を受《う》けたの。

……そこには卒業《そつぎょう》の儀式《ぎしき》があった。不妊手術《ふにんしゅじゅつ》よ。」

ウィドウの告白《こくはく》に、バナーが息《いき》をのむ。

「合理的《ごうりてき》なの。面倒《めんどう》が一つ減《へ》る。任務《にんむ》よりだいじになるものが、一つ減《へ》る。

人《ひと》を殺《ころ》すことも……かんたんになる。」

だまったままのバナーに、ウィドウがつづける。

「怪物《かいぶつ》は自分《じぶん》だけだと思《おも》ってるの？」

「……だから、いっしょにきえようって？」

☆

そのころ、庭《にわ》ではトニーとキャプテンが薪割《まきわ》りをしていた。

「で、ソーは行《い》き先《さき》もいわずに？」

「秘密主義《ひみつしゅぎ》のチームメイトもいるが、ソーはちがうと思《おも》ってたんだけどな。」

キャプテンはそういうと、家族《かぞく》の存在《そんざい》をかくしていたホークアイのほうに目《め》をむける。

「まあ、時間《じかん》をやれよ。どんな悪夢《あくむ》を見《み》せられたのやら……。」

「最強《さいきょう》のヒーローたちがこれほどかんたんにダメージを受《う》けるなんてな。」

「きみは平気《へいき》みたいだな。」

「悪《わる》いか？」

「暗《くら》い面《めん》をもたない人間《にんげん》は信用《しんよう》できない。」

「もってても見《み》せていないだけだ。」

「奴《やつ》は我々《われわれ》たちをバラバラにしようとしている。」

「そいつはきみがつくったんだよな。ぼくたちにはなにもいわずに。」

空気《くうき》が険悪《けんあく》になりはじめるなか、二人《ふたり》は薪《まき》を割《わ》りつづける。

「研究《けんきゅう》をしていただけだ。」

「そのせいでチームがこわれる。」

「チームでたたかう必要《ひつよう》がないようにするのが目標《もくひょう》だろ？

たたかいを終《お》わらせてそれぞれが家《いえ》に帰《かえ》れるように、こうやってたたかってるんじゃないのか？」
キャプテンは斧《おの》をおろし、素手《すで》で薪《まき》をまっぷたつに割《わ》る。
「戦争《せんそう》がはじまるまえにだれかがさき走《ばし》れば、罪《つみ》なき者《もの》が死《し》ぬ。いつもそうだ。」
にらみあう二人《ふたり》のもとに、ローラがやってくる。
「ごめんなさい、スタークさん。
クリントがあなたにたのんでみろっていうの。トラクターが故障《こしょう》してしまって。
もしよかったら……。」
「おやすいご用《よう》だ。
キャプテン、ぼくが割《わ》った薪《まき》をとるなよ。」
トニーはそういうと、ローラについていった。

☆

納屋《なや》におかれたトラクターにトニーが近《ちか》づく。

「トラクターちゃん。話《はな》してごらん、どこが悪《わる》い？」

「たのむぞ。そいつには命《いのち》を吹《ふ》きこむなよ。」

声《こえ》がしたほうをふりむくと、ものかげからすがたをあらわしたのはシールドの元長《もとちょう》官《かん》、フューリーだった。

トニーが息《いき》をつく。

「バートンの奥《おく》さんもやってくれるね……。

マリア・ヒルによばれたのか？　彼女《かのじょ》はいまだにあんたの部下《ぶか》なのか？」

「人工知能《じんこうちのう》をつくるとはな。なんの躊躇《ちゅうちょ》もなかったのか。」

トニーの質問《しつもん》にはこたえず、フューリーがいう。

「長《なが》い一日《いちにち》だったんだ、まるで長《なが》い長《なが》い芝居《しばい》を観《み》せられるみたいにな。前《まえ》おきはすっとばして本題《ほんだい》に入《はい》ってくれ。」

「わたしの目《め》を見《み》ていえ、ウルトロンを停止《ていし》させると。」

「もう長官《ちょうかん》でもないくせに。」

「ああ、いまは長官《ちょうかん》じゃない。ただのオヤジだ。

きみを心配《しんぱい》しているオヤジさ。」

フューリーのことばに、トニーは心《こころ》にかかえていたものを打《う》ちあけはじめる。

「……ぼくはアベンジャーズを死《し》なせた。

見《み》たんだよ。チームのみんなにはいえなかったが。みんな死《し》んで、世界《せかい》もほろびた。

ぼくのせいで。ぼくの力《ちから》が……たりなかったから。」

「ワンダ・マキシモフにあやつられたな。恐怖《きょうふ》をあおられて悪夢《あくむ》を見《み》たんだ。」

「悪夢《あくむ》じゃない、あれは真実《しんじつ》だ。

あれはぼくがまねく未来《みらい》だ。ぼくが敷《し》いたレールのさきにあるものだ。」

「きみはいろいろ画期的《かっきてき》な発明《はつめい》をしてきたが、戦争《せんそう》はきみがつくったんじゃない。」

「なかまが死《し》ぬのを見《み》た。それよりひどいことがあると思《おも》うか？

いや……それが、あるんだな。」

「自分《じぶん》だけが生《い》きのこることか？」

まさに自分《じぶん》の心《こころ》にあるものをいいあてられ、トニーはなにも返《かえ》せなかった。

☆

そのころ、ロンドン大学《だいがく》の前《まえ》にはソーのすがたがあった。

そこの教授《きょうじゅ》で、ソーの友人《ゆうじん》でもあるセルヴィグ博士《はかせ》が、パーカのフードを深《ふか》くかぶったソーを見《み》つける。

「似合《にあ》ってるじゃないか。目立《めだ》たないかといったらそうでもないが。」

「力《ちから》をかしてくれ。」

真剣《しんけん》な顔《かお》でいうソーとともに、セルヴィグが車《くるま》に乗《の》りこむ。

「よろこんで。」

「危険《きけん》だぞ。」

「危険《きけん》じゃなきゃつまらん。」

☆

バートン家《け》のダイニングルームでは、全員《ぜんいん》が顔《かお》をそろえていた。

フューリーがアベンジャーズたちに話《はな》す。

「ウルトロンはきみたちを遠《とお》ざけて時間《じかん》を稼《かせ》ぐ気《き》だ。

情報《じょうほう》によれば、やつはなにかをつくっているらしい。

盗《ぬす》まれたヴィブラニウムの量《りょう》からして、一つのものではなさそうだ。」

「ウルトロンはどこに？」

キャプテンがたずねる。

「さがすのはかんたんだ、どこにでもあらわれる。ドブネズミみたいにどんどん数《かず》を増《ふ》やしているからな。

だが、いまだにやつのほんとうのねらいが見《み》えてこない。」

「核《かく》ミサイルのコードは？」

トニーがたずねる。

「それもねらっているようだ。進展《しんてん》はまだないようだが。

その件《けん》でネクサスに聞《き》いてみたんだが……。」

ネクサスとは、オスロを拠点《きょてん》とする世界一《せかいいち》のインターネット基地《きち》だ。

「やつはしつこく核《かく》ミサイルをねらってきているが、コードが絶《た》えず変更《へんこう》されているようだ。

だれがやっているのかは不明《ふめい》だが、ウルトロンの敵《てき》だ。こっちの味方《みかた》とは限《かぎ》らんが。」

「オスロに行《い》ってつきとめよう。その謎《なぞ》の人物《じんぶつ》を。」

トニーが提案《ていあん》した。

「もっといい戦略《せんりゃく》をもってきてくれると期待《きたい》してたのに。」

ウィドウが不満《ふまん》そうにいう。

「もってるぞ。きみたちだ。」

むかしはありとあらゆる場所《ばしょ》に目《め》と耳《みみ》をもっていた。

しかし、シールドなきいま、世界《せかい》をすくう武器《ぶき》は自分《じぶん》の知恵《ちえ》と信念《しんねん》だけだ。

ウルトロンはアベンジャーズが目的達成《もくてきたっせい》の邪魔者《じゃまもの》だといった。

どうことばを飾《かざ》ろうと、やつの目的《もくてき》はこの世界《せかい》の破壊《はかい》だ。

だから、立《た》ちむかえ。あのプラチナ野郎《やろう》をたおせ。」

「口《くち》が悪《わる》いとスティーブに怒《おこ》られるわよ。」

「よせよ、ロマノフ。

……やつは我々《われわれ》以上《いじょう》の存在《そんざい》になりたいんだ。だからからだをつくっている。」

「人間型《にんげんがた》のな。生物学的《せいぶつがくてき》には人間《にんげん》のからだは効率《こうりつ》が悪《わる》いのに。」

トニーがいう。

「人類《じんるい》をまもれってプログラムしたんでしょ？　大失敗《だいしっぱい》だったたってわけね。」

ウィドウがトニーとバナーに呆《あき》れたような目《め》をむける。

バナーも口《くち》をひらいた。

「いまの人間《にんげん》に必要《ひつよう》なのはまもられることじゃなく、進化《しんか》することだ。

ウルトロンは進化《しんか》しようとしている。なんらかの方法《ほうほう》で。

……だれか、ヘレン・チョと連絡《れんらく》をとっているか？」

ブラック・ウィドウ
ナターシャ・ロマノフ

　高度《こうど》な戦闘力《せんとうりょく》を持《も》つ世界最《せかいさい》高《こう》のスパイ。また、暗殺者《あんさつしゃ》としても超一流《ちょういちりゅう》のすご腕《うで》である。その高《たか》いスキルを人々《ひとびと》の平和《へいわ》に役立《やくだ》てるため、アベンジャーズに参加《さんか》する。特殊《とくしゅ》な超能《ちょうのう》力《りょく》は持《も》っていないが、すぐれた身体能力《しんたいのうりょく》の持《も》ち主《ぬし》であり、諜報《ちょうほう》・戦闘活動《せんとうかつどう》に必要《ひつよう》な技能《ぎのう》を身《み》につけている。手首《てくび》には電撃《でんげき》でショックを与《あた》えることができるリストバンドを装着《そうちゃく》している。

ホークアイ
クリント・バートン

　特殊《とくしゅ》な超能力《ちょうのうりょく》は持《も》っていないが、史上最高《しじょうさいこう》のスナイパーともいわれる弓《ゆみ》の使《つか》い手《て》。さまざまなしかけを施《ほどこ》した矢《や》を状況《じょうきょう》によって使《つか》い分《わ》け、正確《せいかく》にはなつ。その矢《や》はエイリアンであろうが、ロボットであろうが相手《あいて》を確実《かくじつ》にしとめる。また〈ホークアイ（鷹《たか》の目《め》）〉のコードネームのとおり、洞察《どうさつ》力《りょく》と状況判断能力《じょうきょうはんだんのうりょく》でチームの目《め》として活躍《かつやく》する。

11　クレードルを渡《わた》すな！

　ソウルの研究施設《けんきゅうしせつ》では、ウルトロンにあやつられているチョがヴィブラニウムを使《つか》ってボディの形成《けいせい》を進《すす》めていた。

「美《うつく》しいわ……ヴィブラニウムの原子《げんし》が組織細胞《そしきさいぼう》と結合《けつごう》し、一体化《いったいか》していく。シールドには想像《そうぞう》もつかなかったことね。」

　ウルトロンもそのようすを見《み》まもる。

「地球上《ちきゅうじょう》でもっとも用途《ようと》の広《ひろ》い物質《ぶっしつ》だ。それであのフリスビーをつくろうとは、人間《にんげん》のやりそうなことだ。表面《ひょうめん》ばかりを気《き》にして、内側《うちがわ》を見《み》ようとしない。」

そういって、ウルトロンはクレードルからうかびあがった光《ひか》る物質《ぶっしつ》を手《て》にとると、形成《けいせい》が進《すす》むボディのひたいにうめこんだ。

☆

バートン家《け》ではアベンジャーズが旅立《たびだ》ちの準備《じゅんび》をしていた。

「ナターシャとクリントとともにソウルにむかう。」

ヒーローのかっこうに着替《きか》えたキャプテンがいう。

「あくまで偵察《ていさつ》だぞ。ぼくはネクサスをあたってから合流《ごうりゅう》する。」

トニーも自分《じぶん》の行《い》き先《さき》を告《つ》げる。

このさきを案《あん》じてキャプテンが眉《まゆ》を寄《よ》せる。

「ヴィブラニウムでボディをつくられたら……。」

「我々《われわれ》が束《たば》になってかかってもかなわなくなる。

まったく、ロボットがアンドロイドをつくるとはね。」

「科学《かがく》がぼく程度《ていど》の怪物《かいぶつ》をつくっていたころが懐《なつ》かしいよ。」

「バナーをタワーまで送《おく》ってくる。おたくのヒルを借《か》りてもいいか?」

フューリーがトニーにたずねる。

「どうせいまも彼女《かのじょ》のボスはあんただ。しかし、なにをする気《き》だ?」

「さあね、あっとおどろくことかな。」

☆

バートン夫婦《ふうふ》は最後《さいご》の時間《じかん》をともに過《す》ごしていた。

「サンルームのフローリング、もどったらすぐ修理《しゅうり》するよ。」

「どうせ修理《しゅうり》の途中《とちゅう》でまた出《で》かけるんでしょ。」

「それはない。これで終《お》わりにする、約束《やくそく》だ。」

ローラがホークアイの顔《かお》を両手《りょうて》でつつむと、二人《ふたり》は再会《さいかい》を誓《ちか》ってキスをかわした。

☆

アベンジャーズを乗《の》せたクインジェットが飛《と》びたつ。

夫《おっと》となかまたちのぶじをいのりながら、ローラがそのすがたを見送《みおく》った。

☆

いっぽう、ソーとセルヴィグは「洞察《どうさつ》の泉《いずみ》」を目《め》の前《まえ》にしていた。

どの世界《せかい》にも存在《そんざい》するその泉《いずみ》には、水《みず》の精《せい》が棲《す》んでいる。

「水《みず》の精《せい》が受《う》けいれてくれれば、夢《ゆめ》にもどってあのつづきが見《み》られる。」

ワンダに見《み》せられた幻《まぼろし》の意味《いみ》をさぐるため、ソーが一歩踏《ぽふ》みだす。

「この泉《いずみ》に入《はい》った者《もの》は、ろくな最期《さいご》を遂《と》げないというぞ。」

ソーの背中《せなか》にむかってセルヴィグが忠告《ちゅうこく》をした。

☆

オスロのネクサスでは、トニーがコードをまもる人物《じんぶつ》の正体《しょうたい》をつきとめようとしていた。

「ウルトロンより速《はや》いハッカーね、どこにいるやら。

ここには世界《せかい》じゅうの情報《じょうほう》が集《あつ》まってるんだろ。世界一《せかいいち》でかいワラ山《やま》から針《はり》をさがすようなもんだな。」

「どうやってさがすんですか？」

ネクサスの技士《ぎし》がたずねる。

「シンプルに、磁石《じしゃく》で吸《す》いよせる。

さーて、核《かく》ミサイル発射《はっしゃ》コードを盗《ぬす》んじゃうよー。つかまえにこい。」

☆

ソーは洞察《どうさつ》の泉《いずみ》に浸《つ》かり、ふたたびあの幻《まぼろし》を見《み》ていた。

「目《め》をさませ！」

ヘイムダルの声《こえ》がよみがえる。

「……全滅《ぜんめつ》だ。」

ウルトロンの声《こえ》も不気味《ぶきみ》に響《ひび》く。

ソーの全身《ぜんしん》は稲妻《いなずま》につつまれ、セルヴィグのよびかけも届《とど》かない。

そのときソーは、あらゆるものがこわれ、粉々《こなごな》にくだけちっていくようすを見《み》た。

しかし、すべてが破壊《はかい》されるなか、強《つよ》いかがやきをはなつ石《いし》がいくつも出現《しゅつげん》すると、その光《ひかり》が世界《せかい》を照《て》らした。

☆

チョの研究所《けんきゅうじょ》ではウルトロンのボディ作成《さくせい》が進《すす》んでいた。

「細胞《さいぼう》の結合《けつごう》にはまだ数時間《すうじかん》かかるけど、もう意識《いしき》を流《なが》しこむことはできるわ。大脳《だいのう》マトリクスのアップロード開始《かいし》。」

そのようすをマキシモフの双子《ふたご》も見《み》ていた。

「彼《かれ》の意識《いしき》が読《よ》める……夢《ゆめ》を見《み》てるみたい。」

ワンダのことばにチョがふりかえる。

「夢《ゆめ》とはちょっとちがうわ。ウルトロンの根底《こんてい》にある意識《いしき》や情報《じょうほう》の断片《だんぺん》よ。」

「いつできる？　せかすわけではないが。」

コードでクレードルにつながれたまま、ウルトロンがたずねる。

「物理的《ぶつりてき》に脳《のう》に書《か》きこんでいるの。近道《ちかみち》はないわ。」

そのとき、クレードルにふれてウルトロンの心《こころ》を読《よ》んだワンダが悲鳴《ひめい》をあげた。

流《なが》れこんできた映像《えいぞう》は、地球《ちきゅう》が消滅《しょうめつ》するすがただったのだ。

「あなたよくも……！」

「よくもなんだ？」

「あなたいったわよね。わたしたちでアベンジャーズをたおして、世界《せかい》をよくするって。」

「ああ、よりよい世界《せかい》だ。」

「みんな死《し》んでいるのに？」

「それはちがう！ ……人類《じんるい》には反省《はんせい》し、悔《く》い改《あらた》めるチャンスをあたえる。」

「改《あらた》めなかったら？」

「ノアに聞《き》け。」

「あなた、狂《くる》ってるわ。」

話《はな》しながら、ワンダはウルトロンに気《き》づかれないようにチョの洗脳《せんのう》をとく。

「地球《ちきゅう》では幾度《いくど》となく、種《しゅ》の絶滅《ぜつめつ》をまねく現象《げんしょう》が起《お》きてきた。恐竜《きょうりゅう》の絶滅《ぜつめつ》しかり。

そしてふたたび地球《ちきゅう》が鎮《しず》まると、神《かみ》が石《いし》を投《な》げつける。

いま、神《かみ》は腕《うで》をふりあげた。進化《しんか》すべきときだ。

弱《よわ》い者《もの》の居場所《いばしょ》は……もうない。」

「弱《よわ》いかどうかなんてだれが決《き》める？」

ピエトロがいった。

「命《いのち》だ、命《いのち》がすべてを決《き》める。」

そのとき、ウルトロンがクインジェットの到着《とうちゃく》を察知《さっち》した。

「敵《てき》が来《く》るぞ、クインジェットだ。移動《いどう》しなければ。」

「問題《もんだい》ないわ。」

洗脳《せんのう》から解放《かいほう》されたチョが、そういってクレードルへのアップロードを強制停止《きょうせいていし》させる。

「うっ！」

未完了《みかんりょう》のまま意識《いしき》の移行《いこう》を中断《ちゅうだん》されたウルトロンは怒《いか》り、チョにむかってレーザーを撃《う》つ。

その隙《すき》に双子《ふたご》が研究所《けんきゅうじょ》からにげる。

「おい、まて！

……実現《じつげん》すればおまえたちもわかるはずだ。

くっ、もうすこし時間《じかん》さえあれば……。」

そういってウルトロンも分身《ぶんしん》たちとともにクレードルをはこび、研究所《けんきゅうじょ》を出《で》た。

☆

研究所《けんきゅうじょ》にキャプテンがかけつけると、傷《きず》を負《お》ったチョがすわりこんでいた。

「チョ博士《はかせ》！」

「あいつは……新《あたら》しいからだにうつろうと……。」

「そのからだはどこに？」

「パワーの源《みなもと》は再生《さいせい》クレードルのなかよ。あの石《いし》はおそろしいパワーを秘《ひ》めている。単《たん》に爆破《ばくは》しては危険《きけん》よ。スタークにわたして。」

「いそいでさがしだす。」

「行《い》って！」

☆

「みんな、聞《き》いてたか？」

キャプテンが無線《むせん》でなかまたちによびかける。

「ああ。」

研究所《けんきゅうじょ》の上空《じょうくう》でクインジェットを操縦《そうじゅう》するホークアイが返《かえ》す。

ジェットにはウィドウのすがたもある。

「ラボからトラックが出《で》てきた。キャプテンの上《うえ》、ループ状道路《じょうどうろ》にいる。」

ホークアイがそういって、トラックの荷《に》をスキャンする。

「ウルトロンだ。クレードルと、分身《ぶんしん》も3体《たい》。運転手《うんてんしゅ》をねらうか。」

しかし、キャプテンがそれをとめる。

「だめだ！　事故《じこ》が起《お》きれば街《まち》が吹《ふ》きとぶ。ウルトロンをひっぱりだすぞ。」

そういうと、キャプテンは道路上《どうろじょう》の高架《こうか》からトラックの上《うえ》に飛《と》びのった。

荷台《にだい》のなかのウルトロンが異変《いへん》に気《き》づく。

「おいおい、邪魔《じゃま》をするな！」

荷台《にだい》のとびらをあけて入《はい》ってこようとするキャプテンをウルトロンがふりおとそうとするが、キャプテンはなんとかしがみつく。

キャプテンはおちそうになりながらも、無線《むせん》で連絡《れんらく》する。

「やつはご機嫌斜《きげんなな》めだぞ。もっと怒《おこ》らせてやる。」

「あんたじゃかなわないぞ。」

ホークアイが返《かえ》す。

「いってくれるね！」

そのあいだにウルトロンはクレードルと後頭部《こうとうぶ》をつなぐコードをぬき、手《て》からレーザーを発射《はっしゃ》してキャプテンを吹《ふ》っとばした。

「うっ！」

しかし、キャプテンはべつの車《くるま》につかまり、ウルトロンにくいさがる。

「クレードルのなかにはな……変化《へんか》をもたらすパワーがやどっている。おそろしいパワーが。」

「気《き》に入《い》らないな！」

キャプテンのふりあげた盾《たて》がウルトロンにあたるが、ウルトロンの反撃《はんげき》でふたたびキャプテンはトラックから後続《こうぞく》の車《くるま》へとふりおとされる。

☆

そのとき、超低空《ちょうていくう》でジェットを飛《と》ばすホークアイはウィドウに指示《しじ》を送《おく》っていた。

「道《みち》が空《あ》くぞ。4……3……ぶちかませ。」

ジェットの下側《したがわ》のハッチがひらき、バイクに乗《の》ったウィドウが車道《しゃどう》に飛《と》びだした。

「男《おとこ》の子《こ》は散《ち》らかしてばっかり！」

キャプテンがおとした盾《たて》をひろい、ホークアイの指示《しじ》をもとにウルトロンの乗《の》るトラックを追《お》う。

☆

ふたたびトラックの上《うえ》に戻《もど》ったキャプテンは、盾《たて》をうしないながらも、ウルトロンと格闘《かくとう》をつづけていた。

そこに、追《お》いついたウィドウがキャプテンに盾《たて》をわたす。

しかし、ウルトロンの分身《ぶんしん》たちの攻撃《こうげき》をうけて、ウィドウは引《ひ》きはなされる。

ウィドウはソウル市街《しがい》の狭《せま》い道《みち》を縫《ぬ》うように走《はし》り、キャプテンとウルトロンがたたかうトラックを追《お》う。

「クリント！　やつらの注意《ちゅうい》を引《ひ》ける？」

「やってみるよ。」

そういったホークアイがジェットから攻撃《こうげき》すると、分身《ぶんしん》たちがジェットに飛《と》びのってきた。

ホークアイはまた高度《こうど》を上《あ》げジェットを急旋回《きゅうせんかい》させ、ロボットたちをふりおとす。

☆

そのころトラックは線路横《せんろよこ》を走《はし》り、キャプテンとウルトロンはとっくみあったまま、トラックの上《うえ》から併走《へいそう》する列車《れっしゃ》のなかにつっこんだ。

乗客《じょうきゃく》たちはとつぜんの事態《じたい》に悲鳴《ひめい》をあげてにげまどう。

分身《ぶんしん》たちがウルトロンたちのところへいっせいにむかうのを、ホークアイは見逃《みのが》さなかった。

「そっちへむかったぞ。はやいとこ決着《けっちゃく》をつけろ。」

ウィドウは、バイクをトラックの方角《ほうがく》にむけた。

「いま行《い》くわ。キャプテン、やつの相手《あいて》してて。」

「さっきからしてるよ！」

☆

トラックに追《お》いついたウィドウは荷台《にだい》に飛《と》びこみ、クレードルを発見《はっけん》する。

さっそく装置《そうち》を操作《そうさ》しはじめるが、トラックの下《した》にしがみついた分身《ぶんしん》がジェットを噴射《ふんしゃ》すると、トラックはソウルの空《そら》に飛《と》びたった。

ホークアイがそれを発見《はっけん》する。

「トラックが空《そら》を飛《と》んでるぞ！　撃《う》ちおとしてやる！」

「まって、まだわたしがなかにいる！」

「なにやってんだ？」

「いま荷物《にもつ》をそっちに送《おく》る！」

「どう受《う》けとればいい？」

「あー……それは聞《き》かないほうがいいかも。」

☆

列車《れっしゃ》のなかではウルトロンとキャプテンがたたかっていた。

ウルトロンのはなった光《ひかり》にキャプテンが吹《ふ》っとばされる。

「うっ！」

ふたたびウルトロンは攻撃《こうげき》をくわえようとするが、とつぜんあらわれたピエトロにおしのけられた。

そこにワンダも加勢《かせい》し、ウルトロンの動《うご》きを封《ふう》じようとする。

「たのむ、やめてくれ。」

ウルトロンがいうが、ワンダは聞《き》く耳《みみ》をもたない。

「こうする以外《いがい》ないでしょ。」

味方《みかた》がいないと悟《さと》ったウルトロンは、隙《すき》をついて列車《れっしゃ》の外《そと》へ飛《と》びだす。

「にげられた！　そっちへ行《い》ったぞ！」

キャプテンが無線《むせん》で知《し》らせる。

「ナターシャ、いそげ！」

ホークアイがせかすなか、ウィドウはクレードルごとジェットに飛《と》びうつった。

しかし、ウルトロンの分身《ぶんしん》に脚《あし》をつかまれたウィドウだけがジェットから引《ひ》きずりおろされてしまう。

「ナターシャ！

キャプテン、ナターシャが見《み》えるか？」

「クレードルを手《て》に入《い》れたらスタークに届《とど》けろ！　行《い》け！」

しかし、ウィドウのぶじを確認《かくにん》したいホークアイはふたたびたずねる。

「ナターシャが見《み》えるか？」

「行《い》け！」

「……クソッ。」

しかたなくホークアイはジェットを旋回《せんかい》させた。

☆

キャプテンたちが乗《の》った列車《れっしゃ》は、運転手《うんてんしゅ》が気絶《きぜつ》したことで暴走《ぼうそう》していた。

「市民《しみん》が巻《ま》きこまれる！　とめられるか？」

キャプテンがさけぶと、ピエトロが列車《れっしゃ》をおりる。

そして、高速移動能力《こうそくいどうのうりょく》を使《つか》い、列車《れっしゃ》の通《とお》り道《みち》にいる市民《しみん》を一人《ひとり》ひとりかかえてにがしてまわる。

そのあいだにワンダが念力《ねんりき》を使《つか》ってブレーキをかけていき、列車《れっしゃ》は路上《ろじょう》の真《ま》ん中《なか》でついに停止《ていし》した。

全力《ぜんりょく》でかけまわったピエトロは息《いき》を切《き》らしてすわりこみ、ワンダがそばにつきそう。

「いっしょに来《き》てもらう。」

キャプテンはそういって、二人《ふたり》に近《ちか》づく。

「クレードルは？　確保《かくほ》した？」

ワンダが顔《かお》をあげる。

「スタークが処理《しょり》する。」

「彼《かれ》にわたしちゃだめ。」

「あのな、あいつは頭《あたま》のおかしなやつじゃないぞ。」

「世界《せかい》をまもるためならなんでもする男《おとこ》よ。」

「スターク、いるか？　スターク？　だれか応答《おうとう》しろ。」

「ウルトロンは混同《こんどう》しているの。世界《せかい》をすくうことと破滅《はめつ》させることを。だれに似《に》たんだと思《おも》う？」

12　科学者《かがくしゃ》たちの挑戦《ちょうせん》

アベンジャーズ・タワーの研究室《けんきゅうしつ》には、バナー、トニー、ホークアイが集《あつ》まっていた。

「ナターシャの情報《じょうほう》は？」

「まだない。まあ生《い》きてるさ、ウルトロンがあざわらいにきてないし。」

心配《しんぱい》するバナーに、トニーが返《かえ》す。

横《よこ》ではホークアイが、未完成《みかんせい》のボディが入《はい》ったクレードルのふたに手《て》をかけていた。

「だめだ、あかない。」

「ナターシャはメッセージをのこしてないかな？　むかしのスパイ風《ふう》にさ。」

「心《こころ》あたりがある。ぜったいに見《み》つけだしてやる。」

トニーの推測《すいそく》を受《う》け、ホークアイはそういってその場《ば》をはなれた。

バナーと二人《ふたり》になったトニーがクレードルに目《め》をむける。

「なあ、そいつで……。」

バナーはすぐにトニーの意図《いと》を察《さっ》した。

「よせ。」

「ぼくを信《しん》じろ。」

「断《ことわ》る。」

「さがしてたろ、核《かく》ミサイルのコードをまもっている番人《ばんにん》を。見《み》つけたよ。」

そういってトニーが投影《とうえい》したプログラムは、バナーにも見《み》おぼえのあるものだった。

「こんにちは、バナー博士《はかせ》。」

それは、完全《かんぜん》に破壊《はかい》されたと思《おも》われたジャーヴィスだった。核《かく》ミサイルのパスワードを変《か》えつづけてウルトロンの侵入《しんにゅう》を阻《はば》んでいたのは、彼《かれ》だったのだ。

「ウルトロンは怒《いか》りにまかせてジャーヴィスをおそったんじゃない。その力《ちから》を恐《おそ》れていたからこそ、消《け》そうとしたんだ。

だからジャーヴィスはかくれた。記憶《きおく》すらすてて。

だが、プロトコルはぶじだった。

ジャーヴィス自身《じしん》、自分《じぶん》の存在《そんざい》に気《き》づいていなかった。」

バナーはほっとしたようにわらうが、ふたたび眉《まゆ》を寄《よ》せる。

「つまり、ぼくに手《て》つだえって……そういうのか？

ジャーヴィスをこのボディに入《い》れるのを？」

「ちがう。きみがジャーヴィスをここに入《い》れるのを、ぼくが手《て》つだうんだ。これはぼくの分野《ぶんや》じゃない。生物有機化学《せいぶつゆうきかがく》はきみの専門《せんもん》だろ。」

「ジャーヴィスのオペレーション・マトリクスならウルトロンに勝《か》てるって？」
「ジャーヴィスは密《ひそ》かにやつを出《だ》しぬいていた。
こんどこそかんぺきなウルトロンをつくるチャンスだ。
殺人《さつじん》を犯《おか》す不具合《ふぐあい》も起《お》こさず、勝利《しょうり》に酔《よ》いしれる性格《せいかく》をもたないやつを。」
「やってみる価値《かち》はあります。」
ジャーヴィスもトニーに同意《どうい》する。
しかし、バナーはまだ納得《なっとく》しない。
「堂々巡《どうどうめぐ》りだ。
そもそもウルトロンをつくったのがまちがいのはじまりだったたっていうのに！」
「わかってる、わかってる。批判《ひはん》されるだろう。でも、もうとっくにされている。
ぼくたちは怪物《かいぶつ》だよ、マッド・サイエンティストだ。だったらもうつきすすもう。
堂々巡《どうどうめぐ》りじゃない。これで終《お》わらせるんだ。」
バナーがため息《いき》をつく。

☆

そのころ、ソコヴィアの元《もと》ヒドラ基地《きち》では地下牢《ちかろう》にとらわれたウィドウが目《め》をさました。

「目《め》ざめないかと思《おも》ったが。

よかったよ、きみに見《み》せたいものがあるんだ。ほかには見《み》せる相手《あいて》がいない。」

鉄柵《てっさく》のむこうのウルトロンが話《はな》す。

「おれは隕石《いんせき》が好《す》きでね。単純明快《たんじゅんめいかい》だ。

ドカン！　それですべてがきえ、またはじまる。

世界《せかい》はいちどほろび、新《あら》たな者《もの》がつくりなおす。

その新《あら》たな者《もの》として、美《うつく》しいからだを手《て》に入《い》れるはずだった。

人々《ひとびと》が見《み》あげて希望《きぼう》を見《み》いだす星《ほし》のような、慈悲《じひ》ぶかいすがたを。」

拘束《こうそく》されたままにらみつけるウィドウだが、ウルトロンはさらにつづける。

「だが、やつらの目《め》は恐怖《きょうふ》に染《そ》まることになるだろう。

おまえたちがおれに傷《きず》をつけたからだ。よくもやってくれたな。だが、こういうことばがある。『負《お》った傷《きず》のぶんだけ……。』」

そこまで話《はな》したウルトロンは、背後《はいご》からあらわれたべつのウルトロンに破壊《はかい》される。

新《あら》たなウルトロンの「本体《ほんたい》」は、以前《いぜん》よりも強度《きょうど》が増《ま》しているように見《み》える。

「『……強《つよ》くなれる。』」

ワンダ・マキシモフ
（スカーレット・ウィッチ）

ピエトロ・マキシモフ
（クイックシルバー）

ヒドラの人体実験《じんたいじっけん》によって特殊能力《とくしゅのうりょく》を得《え》た双子《ふたご》。妹《いもうと》のワンダは、テレキネシス（念力《ねんりき》）と相手《あいて》に心理操作《しんりそうさ》で幻覚《げんかく》を見《み》せて精神《せいしん》を混乱《こんらん》させる能力《のうりょく》を持《も》ち、兄《あに》のピエトロは、超人的《ちょうじんてき》なスピードで移動《いどう》できる能力《のうりょく》を持《も》つ。

ウルトロン

人工知能《じんこうちのう》。平和《へいわ》を維持《いじ》する目的《もくてき》で作《つく》られたプログラムのウルトロンだったが、自我《じが》を持《も》ち、世界《せかい》の究極《きゅうきょく》の平和《へいわ》を維持《いじ》するには、人類《じんるい》の滅亡《めつぼう》しかないと断定《だんてい》。形《かたち》を持《も》たない段階《だんかい》から増殖《ぞうしょく》と進化《しんか》を続《つづ》け、平和《へいわ》の名《な》のもとに地《ち》球《きゅう》を支配《しはい》しようとする。

13　決戦《けっせん》の地《ち》へ

地下牢《ちかろう》のなか、ウィドウがウルトロンの目《め》を盗《ぬす》んでモールス信号《しんごう》を送《おく》る。

ホークアイがそれに気《き》づき、ウィドウの居場所《いばしょ》は特定《とくてい》された。

☆

研究室《けんきゅうしつ》ではトニーとバナーがボディの作成《さくせい》を進《すす》めていた。

しかし、ソウルからもどったキャプテンたちが、けわしい顔《かお》で二人《ふたり》に近《ちか》づく。

「一回《かい》しかいわないぞ。」

「ゼロ回《かい》でいいけど。」

トニーがかるい調子《ちょうし》で返《かえ》す。

「中止《ちゅうし》しろ！」

「いいや、お断《ことわ》り。」

「わかってやっているのか？」

「きみこそだいじょうぶか？　あやつられていないのか？」

ワンダを引《ひ》きつれたキャプテンにバナーがたずねる。

「怒《おこ》るのはしかたないわ。」

「怒《おこ》るどころじゃない。変身《へんしん》しなくてもきみを絞《し》め殺《ころ》せるくらいだ。」

ワンダに対《たい》するバナーのうらみはそうかんたんにきえない。

「バナー、あんなことがあったあとで……。」

「これから起《お》きることを防《ふせ》ぐためだ！」

バナーを説得《せっとく》するキャプテンに、トニーが割《わ》って入《はい》る。

「なにもわかってないくせに！　そのなかの生《い》きものは死神《しにがみ》よ！」

ワンダがそういうと、ピエトロが高速《こうそく》でクレードルのチューブをぬく。

「いいよ、つづけて。で、なに？」

しかし、下《した》の階《かい》からホークアイが撃《う》ちこんだ銃弾《じゅうだん》によって床《ゆか》がくずれ、ピエトロは下《した》へおちる。

「速《はや》すぎて見《み》えなかった？」

ホークアイはピエトロのせりふをまねる。

「ルートを変更《へんこう》する！」

いそいでエラーを防《ふせ》ごうとするトニーだが、キャプテンが盾《たて》を投《な》げつけてコンピュータを破壊《はかい》する。

トニーもアイアンハンドでキャプテンに対抗《たいこう》する。

そのあいだにバナーはワンダの首《くび》を背後《はいご》から腕《うで》で締《し》めあげる。

「ほら、怒《おこ》らせてみろ。」

そのとき、とつぜんソーがあらわれると、クレードルにむかってハンマーをふりあげた。

「まて！」

しかし、ハンマーはクレードルに思《おも》いきり打《う》ちつけられ、はげしい稲妻《いなずま》が起《お》こる。

膨大《ぼうだい》なパワーをあたえられたクレードルが、爆風《ばくふう》とともに勢《いきお》いよくあく。

ソーはその勢《いきお》いで吹《ふ》きとばされ、ハンマーを手放《てばな》してしまう。

クレードルのなかから誕生《たんじょう》したのは、人《ひと》のかたちをした生《い》きものだった。

その生《い》きものは深呼吸《しんこきゅう》をすると窓《まど》のほうに飛《と》んでいき、そこにうつる自分《じぶん》のすがたを確認《かくにん》する。

全員《ぜんいん》が集《あつ》まり、うしろからそのすがたを見《み》つめる。

やがてその生《い》きものがふりかえる。

「すみません、とても……不思議《ふしぎ》で……。」

それからソーに礼《れい》をいった。

「ソー、なぜ手《て》をかしたんだ？」

キャプテンがソーの意図《いと》をたずねる。

「あるヴィジョンを見《み》た。大《おお》きなうずが希望《きぼう》をのみこむ、その中心《ちゅうしん》にこれがあった。」

そういうと、ヴィジョンとよばれることになる生《い》きもののひたいにある石《いし》を示《しめ》す。

「マインド・ストーンだ。６つあるインフィニティ・ストーンの一つ。

すべてを破壊《はかい》するほどの力《ちから》をもつ。」

「なぜそんなものに命《いのち》を……。」

「スタークは正《ただ》しい。我々《われわれ》だけではウルトロンに勝《か》てない。」

マインド・ストーンが世界《せかい》の命運《めいうん》をにぎると知《し》ったソーは、ヴィジョンの誕生《たんじょう》に力《ちから》をかしたのだ。

「バラバラではね。」

ヴィジョンがそういうと、キャプテンがあることに気《き》づいた。

「こいつ……、ジャーヴィスの声《こえ》だ。」

「ああ、ジャーヴィスのマトリクスを組《く》みなおして新《あたら》しいものをつくった。」

トニーがこたえる。

「わたしはウルトロンでもジャーヴィスでもない。わたしは……わたしです。」

「あなたの頭《あたま》を覗《のぞ》いたとき、世界《せかい》がほろびていたわ。」

ワンダが警戒《けいかい》したようにいう。

「いまもそうか、もういちど見《み》てみてください。」

「ふん、魔女《まじょ》のお墨《すみ》つきなんか意味《いみ》ないだろ。」

ホークアイが鼻《はな》でわらう。

「双子《ふたご》の力《ちから》も我々《われわれ》の悪夢《あくむ》も、ウルトロンも、この石《いし》が生《う》んだものだ。もっとおそるべき力《ちから》ももっている。だが、我《われ》らが使《つか》えば……。」

「本気《ほんき》か？　きみは我々《われわれ》の味方《みかた》か？」

ソーのことばに確信《かくしん》がもてず、キャプテンがヴィジョンにむかってたずねる。

「そう単純《たんじゅん》ではありません。わたしは命《いのち》の味方《みかた》です。しかし、ウルトロンはちがう。すべてをほろぼす存在《そんざい》です。」

「やつはなにをまってる？」

「あなたを。」

トニーの質問《しつもん》にヴィジョンがこたえる。

「どこで?」

「ソコヴィアだ。ナターシャもそこにいる。」

バナーの疑問《ぎもん》にはホークアイがこたえた。

「でも、信《しん》じてうらぎられたら? きみがウルトロンのような怪物《かいぶつ》だったら……。」

バナーは不安《ふあん》げな表情《ひょうじょう》を見《み》せる。

「わたしはウルトロンを殺《ころ》したくはない。彼《かれ》はとくべつです。それに苦《くる》しんでいる。

しかし、その苦《くる》しみは地球《ちきゅう》をのみこむ。

だから彼《かれ》を消《け》さねば。彼《かれ》が生《う》んだもの、ネット上《じょう》の痕跡《こんせき》もすべて。

一人《ひとり》の力《ちから》では、成《な》し遂《と》げることはできません。

……わたしは怪物《かいぶつ》かもしれない。たとえそうでも、自分《じぶん》ではわからない。

あなたがたがのぞんだものでもない。

だから信《しん》じてはもらえないでしょうが、行《い》かなければ！」

そういって、ヴィジョンはおちていたソーのハンマーを拾《ひろ》い上《あ》げて持《も》ち主《ぬし》にもどす。

ソー以外《いがい》の者《もの》がハンマーをもちあげた光景《こうけい》に一同《いちどう》はおどろく。

「……行《い》くか。

よくやった。」

ソーはそういって、トニーの肩《かた》をたたく。

「3分《ぷん》で出《で》る。準備《じゅんび》しろ。」

キャプテンが指示《しじ》を出《だ》した。

☆

それぞれが出動準備《しゅつどうじゅんび》を整《ととの》える。

双子《ふたご》は着替《きが》えをし、トニーは新《あら》たな人工知能《じんこうちのう》の「フライデー」をスーツにインストールする。

ホークアイは家族《かぞく》の写真《しゃしん》を見《み》つめて、服《ふく》のなかにしまう。

「ぶじには帰《かえ》れないかもしれない。

あのブリキの兵隊《へいたい》を一匹《ぴき》でもにがしたら悲惨《ひさん》なことになる。」

「幸《さいわ》い、明日《あす》はほかに予定《よてい》はない。」

トニーの話《はなし》にキャプテンが返《かえ》す。

「本体《ほんたい》はぼくが相手《あいて》する。やつはアイアンマンをおまちだ。」

「ええ、あなたをもっとも憎《にく》んでいます。」

ヴィジョンも同意《どうい》した。

「ウルトロンは我々《われわれ》をまちかまえている。はげしい攻撃《こうげき》をしてくるだろう。」

キャプテンは行《ゆ》く先《さき》を見《み》すえる。

「我々《われわれ》はかくごの上《うえ》だが、ソコヴィアの人々《ひとびと》はちがう。

だから優先《ゆうせん》すべきは、市民《しみん》の避難《ひなん》だ。」

☆

アベンジャーズたちはソコヴィアに着《つ》くと、まず市民《しみん》の避難《ひなん》をうながした。

ピエトロは警察署《けいさつしょ》へ行《い》き、銃声《じゅうせい》を鳴《な》らして危険《きけん》を知《し》らせる。

ワンダはマインドコントロールを使《つか》って市民《しみん》を動《うご》かす。

そうして続々《ぞくぞく》と人々《ひとびと》は街《まち》から避難《ひなん》しはじめた。

キャプテンが作戦《さくせん》について話《はな》す。

「彼《かれ》らは平和《へいわ》にくらしたいだけだ。力《ちから》の限《かぎ》り彼《かれ》らをまもろう。大量《たいりょう》のヴィブラニウムがなにに使《つか》われたかつきとめ、ロマノフを見《み》つけ、市民《しみん》をにがし、やつと我々《われわれ》だけでたたかう。

ウルトロンは我々《われわれ》のほうが怪物《かいぶつ》で、世界《せかい》のためにならないという。やつが正《ただ》しいかどうか、このたたかいでわかる。」

☆

元《もと》ヒドラ基地《きち》の地下《ちか》にバナーとソーが潜入《せんにゅう》し、バナーはウィドウのもとにむかった。

「ナターシャ！　ナターシャ！」

「ブルース？」

バナーのすがたを見《み》て、ウィドウが立《た》ちあがる。

「みんな街《まち》にいる。じき戦争《せんそう》だ。」

「どこかにここの鍵《かぎ》がおちていなかった？」

牢屋《ろうや》のなかからウィドウがよびかける。

「ああ、あったよ。」

そういうとバナーは銃《じゅう》で錠《じょう》を撃《う》ち、とびらをあけた。

「で、どういう作戦《さくせん》？」

ウィドウがたずねる。

「きみを安全《あんぜん》ににがす。」

「仕事《しごと》は終《お》わってないでしょう。」

「市民《しみん》の脱出《だっしゅつ》を手《て》つだおうにも、ぼくが近《ちか》よるとかえって危険《きけん》だし。もう十分《じゅうぶん》たたかった、ぼくらの役目《やくめ》は終《お》わりだ。」

「だから、二人《ふたり》できえるって？」

☆

フライデーの情報《じょうほう》をもとに、アイアンマンが教会《きょうかい》へ到着《とうちゃく》する。

そこにはウルトロンがまちかまえていた。

「罪《つみ》を懺悔《ざんげ》しにきたのか？」

「どうかな。時間《じかん》はあるかい？」

「おまえよりはある。」

「ヴィブラニウム入《い》りのカクテルでも飲《の》んだか？

なんかその……顔《かお》がむくんでるぞ。」

強化《きょうか》されたウルトロンの外見《がいけん》にアイアンマンが気《き》づく。

「時間稼《じかんかせ》ぎか？　みなをまもるための。」

「まあな、それが任務《にんむ》だ。」

するとつぜん、教会《きょうかい》の床《ゆか》から謎《なぞ》の装置《そうち》があらわれた。

「ヴィブラニウムでできています。装置《そうち》の機能《きのう》は不明《ふめい》。」

フライデーが報告《ほうこく》する。

「自分《じぶん》だけが時間稼《じかんかせ》ぎをしていたと思《おも》ったか？

おまえは終《お》わりだ、トニー。おれが平和《へいわ》をもたらす。」

とたんに街《まち》にあふれだしたロボットたちに気《き》づいたアイアンマンは、いそいで市街《しがい》地《ち》へむかう。

☆

市街地《しがいち》では、まだおおぜいの市民《しみん》たちがさけびながらにげまわっていた。

キャプテン、ホークアイ、双子《ふたご》が応戦《おうせん》しながら市民《しみん》をまもる。

「行《い》け！」

「にげて！」

☆

アイアンマンが去《さ》ると、かわりにヴィジョンが教会《きょうかい》にあらわれた。

「わがヴィジョンよ。やつらにおまえまでうばわれた。」

「あなたがはじめた。だからあなたが終《お》わらせろ。」

そういってヴィジョンがウルトロンの頭《あたま》にふれると、ウルトロンはうめきをあげた。

☆

アイアンマンが空《そら》を飛《と》びながらフライデーにたずねる。

「フライデー、ヴィジョンは？」

「ウルトロンをネットから遮断《しゃだん》。もうネット経由《けいゆ》ではにげられません。」

☆

ヴィジョンの行動《こうどう》にウルトロンが怒《いか》りをあらわにする。

「おれをしめだしたな、むだなことを！

おれの世界《せかい》をうばうなら、おまえらの世界《せかい》もうばってやる。」

そういって、ウルトロンが謎《なぞ》の装置《そうち》を作動《さどう》させる。

☆

基地《きち》の地下実験室《ちかじっけんしつ》にいたソーがすさまじい地響《じひび》きに気《き》づくと、つぎの瞬間天井《しゅんかんてんじょう》が崩《ほう》落《らく》する。
地上《ちじょう》では道路《どうろ》につぎつぎと亀裂《きれつ》が走《はし》り、土煙《つちけむり》があがる。
橋《はし》がくずれ、激震《げきしん》のなかで街《まち》が悲鳴《ひめい》につつまれる。
ソコヴィアの街全体《まちぜんたい》が地面《じめん》から切《き》りはなされ、宙《ちゅう》にうきだした。
ウルトロンがそのようすを眺《なが》める。
「見《み》えるか？　この美《うつく》しさが。
自然《しぜん》の摂理《せつり》だ。のぼり切《き》れば、あとはおちるのみ。
アベンジャーズよ、おまえたちはおれの『隕石《いんせき》』であり、おれのつるぎだ。
おまえたちの過《あやま》ちの重《おも》さでこの地球《ちきゅう》はくだける。
おれをネットワークからしめだそうと、おれの子《こ》どもをけしかけようと、無意味《むいみ》だ。
たたかいが終《お》わったとき、この世界《せかい》にのこるものは、金属《きんぞく》だ。」

☆

バナーとウィドウもうかびあがるソコヴィアで危険《きけん》を感《かん》じていた。

「にげないと！」

「変身《へんしん》しないの？」

「たいせつなものを傷《きず》つけたくないから。」

「ふふ、大好《だいす》きよ。」

ウィドウはそういってバナーにキスをすると、彼《かれ》をうきあがったソコヴィアの街《まち》から下《した》につきおとした。

「でも、いまは彼《かれ》が必要《ひつよう》なの。」

落下《らっか》したバナーは、ハルクのすがたになってウィドウのもとへもどってきた。

「仕事《しごと》をかたづけましょう。」

☆

アイアンマンは市街地《しがいち》でロボットたちとたたかっていた。

「ヴィブラニウムでつくられたコアが磁界《じかい》を発生《はっせい》させ、街《まち》をうかせています。」

フライデーが状況《じょうきょう》を分析《ぶんせき》する。

「おちたら?」

「衝撃《しょうげき》の被害《ひがい》は数《すう》千人《にん》。さらに高度《こうど》があがれば人類《じんるい》は絶滅《ぜつめつ》します。」

そのとき、目《め》の前《まえ》のビルがくずれだした。

「10階《かい》にまだ人《ひと》がいます。」

とりのこされた一家《いっか》のもとにアイアンマンがむかう。

「やあ。それじゃあ……バスタブに入《はい》って!」

おびえる一家《いっか》をバスタブごとはこび、ぶじに避難《ひなん》させる。

「飛行物体《ひこうぶったい》が橋《はし》に接近《せっきん》。」

「キャプテン、そっちに敵《てき》が行《い》った。」

フライデーの報告《ほうこく》を受《う》けてアイアンマンが知《し》らせる。

「敵《てき》ならもう来《き》てる!」

たおしてもつぎつぎとあらわれる分身《ぶんしん》たちとたたかいながら、キャプテンが返《かえ》す。

悲鳴《ひめい》をあげながらにげまどう市民《しみん》を見《み》て、キャプテンがなかまたちに指示《しじ》を出《だ》す。

「スターク、きみはまず街《まち》を安全《あんぜん》におろす手《て》を考《かんが》えろ。ほかの者《もの》は全員《ぜんいん》やつらとたたかえ。

やられたらやりかえせ。殺《ころ》されたら……それでもたたかいつづけろ。」

☆

ホークアイとワンダも無数《むすう》の敵《てき》を相手《あいて》にたたかっていたが、全方向《ぜんほうこう》からかこまれ、建物《たてもの》のなかににげる。

「こんなことになるなんて……。」

ワンダが力《ちから》なくすわりこむ。

「おい、だいじょうぶか。」

「ぜんぶわたしたちのせい……。」

「……おれを見《み》ろ。だれのせいだとかいってる場合《ばあい》じゃないぞ。まだたたかえるか？　どうだ？　そこを聞《き》いとかないとな。

なんたってこのとおり、街《まち》が空《そら》を飛《と》んでるんだから。
ロボットはウヨウヨ、なのにおれの武器《ぶき》は弓《ゆみ》と矢《や》。わらえるだろ？」
建物《たてもの》にあいたあなからレーザーが撃《う》ちこまれ、ホークアイが矢《や》で応戦《おうせん》する。
「おれは外《そと》にもどる、仕事《しごと》だからな。きみのおもりをしながらじゃ仕事《しごと》はできない。
きみがなにをしたとかは関係《かんけい》ない。外《そと》に出《で》るならたたかえ、とことんな。
ここにのこってもいい、あとでむかえにこさせる。
だが、一歩外《いっぽそと》に出《で》たら、きみはアベンジャーズだ。」
ワンダはまだ立《た》ちあがることができない。
「話《はなし》は終《お》わりだ。」
ホークアイがふたたび建物《たてもの》の外《そと》に出《で》た。

☆

まっぷたつに割《わ》れた橋《はし》から、２台《だい》の車《くるま》がいまにもおちそうになっている。
どちらもまだなかには人《ひと》が乗《の》っており、恐怖《きょうふ》のさけび声《ごえ》をあげている。

キャプテンがたすけにむかうが、車《くるま》ははるか下《した》の地面《じめん》にむかって落下《らっか》をはじめる。

しかし、ソーがかけつけて橋《はし》から飛《と》びおり、おちていく車《くるま》のうち1台《だい》から運転手《うんてんしゅ》の女性《じょせい》をたすけだして上《うえ》へほうりなげる。

橋《はし》からぶらさがったキャプテンが女性《じょせい》をキャッチする。

二人《ふたり》で宙《ちゅう》づりになるが、キャプテンが女性《じょせい》を橋《はし》の上《うえ》へあげ、自分《じぶん》もはいあがる。

「全員《ぜんいん》はたすけられないぞ、けっして……。」

分身《ぶんしん》からウルトロンの声《こえ》が聞《き》こえてくる。

「けっして、なんだ？　最後《さいご》までいえ。」

分身《ぶんしん》を盾《たて》でたおしながらキャプテンが返《かえ》す。

そこに、上《うえ》からもう1台《だい》の車《くるま》が降《ふ》ってきた。

なかにのこっていた二人《ふたり》もよろよろと外《そと》へにげだす。

キャプテンが車《くるま》の上《うえ》に立《た》つソーを見《み》あげる。

「おそいぞ、昼寝《ひるね》でもしてたか？」

14　地球《ちきゅう》を守《まも》る戦《たたか》い

アベンジャーズたち一人《ひとり》ひとりが、つぎつぎとせまりくる敵《てき》を相手《あいて》に必死《ひっし》でたたかいつづける。

ワンダもついに立《た》ちあがり、世界《せかい》をまもる戦闘《せんとう》にふたたびくわわった。

そしてホークアイをかこむロボットたちを魔力《まりょく》でけちらす。

ふりむいたホークアイがワンダとアイコンタクトをしたあと、無線《むせん》で報告《ほうこく》する。

「こっちはかたづいた。」

「こっちはまだだ！　ちっともかたづかない！」

キャプテンの声《こえ》が返《かえ》ってくる。

「いま行《い》く。」

ホークアイがキャプテンたちのほうへむかおうとすると、ピエトロがあらわれてワンダをかかえあげる。

「おさきに、おっさん。」

そういってあっというまにすがたを消《け》した。

ピエトロたちが去《さ》っていったほうにホークアイが弓《ゆみ》を構《かま》える。

「ここでおまえを殺《ころ》したってバレないぞ。

ピエトロ？　ああ、ウルトロンにおそわれてたな。かわいそうに。

残念《ざんねん》だよ、惜《お》しいやつを亡《な》くした。

なんてな。」

☆

「反重力《はんじゅうりょく》エンジンにふれれば逆噴射《ぎゃくふんしゃ》するようにできています。

街《まち》をゆっくりおろすことはできません。」

フライデーの分析《ぶんせき》をもとに、アイアンマンが対策《たいさく》を考《かんが》える。

「コアはヴィブラニウムだ。ソーにぶっこわしてもらうか？」

「破壊《はかい》するだけではだめです。墜落《ついらく》の被害《ひがい》は甚大《じんだい》です。」

「バリアで動力源《どうりょくげん》にふたをして、噴射《ふんしゃ》を封《ふう》じこめたらどうだ？」

「爆発《ばくはつ》が起《お》き、市民《しみん》もろとも吹《ふ》きとびます。」

☆

キャプテンとウィドウはいったんまわりの敵《てき》をかたづけたところだった。

「すぐまた第《だい》2陣《じん》が来《く》るぞ。

どうだ、スターク？」

無線《むせん》からアイアンマンの声《こえ》が返《かえ》ってくる。

「たいした案《あん》じゃないが……街《まち》を吹《ふ》きとばすってのは？

地上《ちじょう》に激突《げきとつ》するまえにきみたちは避難《ひなん》しろ。」

「我々《われわれ》だけ避難《ひなん》してどうするんだ！」

「被害《ひがい》は刻一刻《こくいっこく》と大《おお》きくなっていく。決断《けつだん》するしかない。」

キャプテンのもとにウィドウが近《ちか》よる。

「市民《しみん》たちを避難《ひなん》させる場所《ばしょ》もないわ。もし街《まち》ごと破壊《はかい》するなら……。」

「犠牲者《ぎせいしゃ》は出《だ》さない！」

「上《うえ》にいる人数《にんずう》と下《した》にいる人数《にんずう》、くらべるまでもないでしょう？」

「市民《しみん》をのこして立《た》ちさる気《き》はない。」

「立《た》ちさるとはいってないわ。

……いい死《し》に場所《ばしょ》かもね。こんな景色《けしき》、ほかじゃ見《み》られないわ。」

上空《じょうくう》から雲海《うんかい》を眺《なが》めてウィドウがいった。

そのとき、どこからかフューリーの声《こえ》が聞《き》こえてきた。

「いい眺《なが》めだろう、ロマノフ。さらによくなるぞ。」

下《した》からうかびあがってきたのは、シールドの巨大空母《きょだいくうぼ》、ヘリキャリアだった。

アベンジャーズたち、そしておおぜいの市民《しみん》が希望《きぼう》にみちた目《め》でそのすがたに見《み》とれる。

「どうだみんな？

なかまといっしょにひっぱりだしてきた。うす汚《よご》れてるが、使《つか》えるぞ。」

「フューリー、なんて野郎《やろう》だ。」

キャプテンがおもわずそうもらす。

「おーっと、お口《くち》が悪《わる》い子《こ》はだれだ？」

フューリーはそういって、わらった。

コックピットにはヒルや管制官《かんせいかん》のキャメロンのすがたもある。

「現在《げんざい》、高度《こうど》５５００メートル。上昇中《じょうしょうちゅう》。」

「救命《きゅうめい》ボート準備完了《じゅんびかんりょう》。発進《はっしん》まで３秒《びょう》、２秒《びょう》……よし行《い》け。」

ヘリキャリアから複数《ふくすう》の小型機《こがたき》が放出《ほうしゅつ》される。

「これがシールド？」

そのようすを見《み》ながらピエトロがキャプテンにいう。

「これが本来《ほんらい》のシールドだ。」

「まあ悪《わる》くないな。」

「市民《しみん》を乗《の》せるぞ。」

☆

「敵《てき》が複数《ふくすう》。右舷側面《うげんそくめん》に集中《しゅうちゅう》しています。」

「目《め》にもの見《み》せてやれ。」

「出番《でばん》よ。」

ヒルの指示《しじ》を合図《あいず》に、ウォーマシンを装着《そうちゃく》したローディがヘリキャリアから出動《しゅつどう》する。

「よーし！　いい武勇伝《ぶゆうでん》のネタができるぞ。」

「だな、ぶじに帰《かえ》れれば。」

アイアンマンはそういってローディのうしろにつく。

「自分《じぶん》のケツくらい自分《じぶん》でまもれるぞ！」

「おまえのケツはぼくがまもってやるよ。」

「イヤらしいいい方《かた》するな！」

☆

市街《しがい》ではアベンジャーズが警察《けいさつ》とともに市民《しみん》の避難《ひなん》を誘導《ゆうどう》する。

「いそいで乗《の》りこめ！」

「よし、こっちだ、走《はし》れ。」

キャリア内《ない》でもそのようすを確認《かくにん》していた。

「ボート6号機《ごうき》、充塡完了《じゅうてんかんりょう》……じゃない、満《まん》タン……いや、えっと、もう人《ひと》でいっぱいです。」

キャメロンはスマートにはいえないが、どうにか報告《ほうこく》する。

しかし、そのとき、ヘリキャリアにもウルトロンの分身《ぶんしん》がおそいかかってきた。

「こっちに来《く》る！」

コックピットに飛《と》びこんできたロボットをヒルが撃《う》ち、フューリーがとどめをさす。

☆

そのころ、ウルトロンの本体《ほんたい》は教会《きょうかい》でソーとたたかっていた。

「人々《ひとびと》をすくっているつもりか？」

ウルトロンがソーの首《くび》をつかむ。

「おれがあの装置《そうち》を操作《そうさ》し、街《まち》を墜落《ついらく》させれば、何十億人《なんおくにん》が死《し》ぬ。おまえでもとめられない。」

「おれはオーディンの息子《むすこ》、ソーだ。この胸《むね》に命《いのち》がやどっている限《かぎ》り……。あー……しゃべるネタが切《き》れてきた。もういいか？」

そのとき、ソーのムジョルニアをもったヴィジョンがあらわれ、ウルトロンを吹《ふ》っとばした。

ソーにハンマーを返《かえ》してヴィジョンがいう。

「じつにあつかいやすい。」

「重《おも》すぎるとふったときにパワーが出《で》ないからな。」

ソーはそういって、まるでスポーツ用品《ようひん》のようにハンマーをふってみせた。

☆

そのとき、ついにアイアンマンが解決策《かいけつさく》を考《かんが》えついた。

「ひらめいた！

熱密閉《ねつみっぺい》フィールドをつくろう。下《した》からコアに圧力《あつりょく》をくわえる。」

「計算《けいさん》します……十分《じゅうぶん》なパワーがあれば可能《かのう》です。」

「ソー！　作戦《さくせん》がある！」

「時間《じかん》がない！　分身《ぶんしん》たちがコアに群《むら》がってきている。」

ソーの報告《ほうこく》を受《う》けて、アイアンマンもコアのある教会《きょうかい》をめざす。

「ローディ、のこった市民《しみん》を避難《ひなん》させろ。

アベンジャーズ、もう一仕事《ひとしごと》だぞ。」

☆

アベンジャーズが教会《きょうかい》に集《あつ》まりつつある。

大型《おおがた》トラックでそこにむかうウィドウに、アイアンマンがいう。

「ロマノフ、バナーとかくれてイチャついてる場合《ばあい》じゃないぞ。」

「うるさいわね！　こっちは空飛《そらと》べないのよ！」

ようやくウィドウも到着《とうちゃく》した。

「で、なに？」

「コアをまもるんだ。ウルトロンが手《て》をふれたらこっちの負《ま》けだ。」

本体《ほんたい》のウルトロンがすがたをあらわすと、ソーが挑発《ちょうはつ》する。

「それがおまえの全力《ぜんりょく》か？」

「……いわなきゃいいのに。」

ぞろぞろと寄《よ》ってくる無数《むすう》の分身《ぶんしん》たちを前《まえ》に、キャプテンがつぶやく。

「これが、おれの全力《ぜんりょく》だ。

ねがってもないたたかいだよ。おまえたち全員対《ぜんいんたい》、おれ全員《ぜんいん》。

その数《かず》でどうやっておれをとめる？」

「そりゃ、このじいさんがいったように……。」

アイアンマンはそういってキャプテンに目《め》をやる。

「『みんなで』さ。」

☆

コアを中心《ちゅうしん》に背《せ》をむけて円陣《えんじん》を組《く》んだアベンジャーズが、つぎつぎとおそいかかるロボットたちと格闘《かくとう》をくりひろげる。

圧倒的《あっとうてき》な数《かず》の差《さ》に苦戦《くせん》しながらも、それぞれが全力《ぜんりょく》でたたかいコアを死守《ししゅ》する。

アイアンマンは宙《ちゅう》を舞《ま》いながら敵《てき》をつぎつぎとなぎたおす。

ソーはハンマーでロボットを何体《なんたい》もくだく。

キャプテンは盾《たて》を縦横無尽《じゅうおうむじん》にあやつりながら、全体《ぜんたい》を見《み》わたす。

ウィドウもロボットにまったく負《ま》けていない。

ホークアイの矢《や》は敵《てき》を正確《せいかく》にしとめる。

ピエトロの動《うご》きにロボットたちはついていけない。

ワンダは魔術《まじゅつ》でロボットを攪乱《かくらん》する。

大暴《おおあば》れしたハルクはもう手《て》がつけられない。ロボットを口《くち》でかみきりだした。

アベンジャーズ全員《ぜんいん》が分身《ぶんしん》たちを相手《あいて》にしているあいだに、ヴィジョンがひたいからビームを放出《ほうしゅつ》させウルトロンにあびせる。

そこにアイアンマンとソーがかけつけ、リパルサー光線《こうせん》と稲妻《いなずま》を同時《どうじ》にくらわせる。

「ぐあああっ！」

力《ちから》をあわせた攻撃《こうげき》に、さすがのウルトロンも大《おお》きなダメージを受《う》ける。

「全員相手《ぜんいんあいて》は……失敗《しっぱい》だったか……。」

そこにハルクが怪力《かいりき》でとどめをさすと、ウルトロンははるか遠《とお》くへ吹《ふ》っとんでいった。

すると、分身《ぶんしん》たちもいっせいに退散《たいさん》しはじめた。

「やつらがにげるぞ。」

ソーがいう。

「一匹《ぴき》も街《まち》から出《だ》すな、ローディ。」

アイアンマンの指示《しじ》にローディがこたえる。

「まかせろ。

こらこら、出《で》ちゃダメだろ。ウォーマシンがゆるさないぞ。」

「脱出《だっしゅつ》するぞ、空気《くうき》がうすくなってきた。

みんなはボートに乗《の》れ。ぼくはにげおくれた人《ひと》をさがしてから追《お》いかける。」

キャプテンが指示《しじ》を出《だ》す。

「コアはどうする？」

「わたしがまもる。それが仕事《しごと》だから。」

ホークアイの問《と》いにワンダがこたえ、双子《ふたご》をのこして全員《ぜんいん》が教会《きょうかい》をはなれた。

☆

「みんなを船《ふね》に乗《の》せて。」

ピエトロもあとを追《お》うようにワンダが指示《しじ》をする。

まだのこっている分身《ぶんしん》たちがおそいかかるが、ワンダがそれをたおしてコアをまもる。

「ワンダをおいていけないよ。」

「わたしはだいじょうぶ。全員避難《ぜんいんひなん》させるまでもどってこないで。」

ピエトロは返事《へんじ》をしない。

「わかった？」

「あのな、おれ、12分《ふん》はやく生《う》まれてるんだけど。」

妹《いもうと》に命令《めいれい》されたことに不満《ふまん》げなピエトロを見《み》て、ワンダがわらう。

「行《い》って。」

☆

アイアンマンはコアの下側《したがわ》に潜《もぐ》り、作業《さぎょう》を開始《かいし》した。

「ボス、パワーがたりないようですが……。」

「ありったけかき集《あつ》めろ。一発《いっぱつ》で決《き》める。」

☆

ホークアイとウィドウは車《くるま》で避難用《ひなんよう》ボートのもとへむかっていた。

「おれ、やることがあるんだよ。

ダイニングルームをリフォームするんだ。

壁《かべ》をぶちぬいてローラの作業《さぎょう》スペースをつくる。どう思《おも》う?」

「どうせだれも使《つか》ってないんでしょ。」

「ま、そうなんだけどな。」

市民《しみん》の避難《ひなん》が進《すす》むボート乗《の》り場《ば》へ到着《とうちゃく》する。

しかし、ウィドウはボートに乗《の》りこむまえにハルクのもとにかけよる。

「大男《おおおとこ》さん、もう日《ひ》が暮《く》れるわよ。」

バナーにもどるよう合《あ》い言葉《ことば》をいった。

☆

ボートでは警察《けいさつ》の指示《しじ》のもと、市民《しみん》たちが出発《しゅっぱつ》にそなえる。

しかし、一人《ひとり》の母親《ははおや》が声《こえ》をあげた。

「子《こ》どもがいないの、市場《いちば》にいたのよ。コステル！」

それを聞《き》いたホークアイはボートを飛《と》びだす。

☆

アイアンマンはまだコアの下《した》で作業《さぎょう》を進《すす》めていた。

「ソー、教会《きょうかい》にもどってくれ。」

要請《ようせい》を聞《き》いたソーが、キャプテンに市民《しみん》の避難状況《ひなんじょうきょう》を確認《かくにん》する。

「これで全員《ぜんいん》か？」

「ああ、ほかはみんなヘリキャリアに乗《の》った。」

ふたたびアイアンマンからの無線《むせん》が入《はい》る。

「うまくいっても、我々《われわれ》二人《ふたり》はここできえるかもしれないが。」

「かもな。」

☆

ハルクを鎮《しず》めようとしていたウィドウだったが、とつぜん背後《はいご》で爆撃《ばくげき》の音《おと》がした。

「自由《じゆう》ってやつは、楽《たの》しいもんだぜ……。」

クインジェットに乗《の》ったウルトロンの歌声《うたごえ》が聞《き》こえてきた。

☆

ホークアイはぶじに子《こ》どもを発見《はっけん》した。

「いそげ、にげるぞ。」

子《こ》どもをつれて引《ひ》きかえそうとしたところで、ウルトロンによる銃撃《じゅうげき》がホークアイをおそう。

ホークアイは危険《きけん》を察知《さっち》するが、にげ場《ば》はなく、身《み》を挺《てい》して子《こ》どもをかばおうとする。

死《し》をかくごしたが、気《き》がつくとうしろに車《くるま》が立《た》てられ、盾《たて》の役割《やくわり》をしていた。

見《み》ると、車《くるま》のわきにピエトロが立《た》っていた。

「速《はや》すぎて見《み》えなかった？」

そのからだは何発《なんぱつ》も銃弾《じゅうだん》を受《う》けていた。

ピエトロが地面《じめん》にたおれこむ。

教会《きょうかい》にいるワンダは兄《あに》の身《み》に起《お》きた異変《いへん》を察知《さっち》した。

キャプテンがピエトロのもとにかけよるが、すでに彼《かれ》は息《いき》を引《ひ》きとっていた。

ワンダは兄《あに》の死《し》を感《かん》じとり、その場《ば》にくずれおち、泣《な》きさけんだ。

☆

ハルクはウィドウをヘリキャリアにはこぶと、ウルトロンの乗《の》るクインジェットに飛《と》びのった。

「おい、冗談《じょうだん》じゃないぞ！」

ウルトロンはジェットから投《な》げだされ、列車《れっしゃ》のなかに墜落《ついらく》する。

☆

ボートではぶじに子《こ》どもが母親《ははおや》のもとに返《かえ》され、ピエトロの遺体《いたい》が横《よこ》たえられる。

けがを負《お》って痛《いた》がるホークアイのもとに、警官《けいかん》が心配《しんぱい》そうに近《ちか》よる。

「いや、おれはだいじょうぶだ。

ふーう……長《なが》い一日《いちにち》だった。」

☆

列車《れっしゃ》のなかでは、墜落《ついらく》の衝撃《しょうげき》で動《うご》けずにいるウルトロンのもとにワンダがやってきた。

「ワンダ、ここにのこっていたら死《し》ぬぞ。」

「わたしはさっき死《し》んだわ。どんな気持《きも》ちだったかわかる?」

そういって、ワンダはウルトロンの金属《きんぞく》の心臓《しんぞう》をえぐりとった。

「こうされた気持《きも》ちだった。」

ウルトロンの本体《ほんたい》は完全《かんぜん》に動作《どうさ》を停止《ていし》した。

☆

ワンダが教会《きょうかい》をはなれた隙《すき》に生《い》きのこっていた1体《たい》の分身《ぶんしん》が装置《そうち》を操作《そうさ》し、ソコヴィアが一気《いっき》に落下《らっか》しはじめた。

ぎりぎりのところでキャプテンがヘリキャリアに飛《と》びのる。

コアの下《した》では、アイアンマンが胸《むね》のリアクターから教会《きょうかい》にいるソーのもとまでビームを放出《ほうしゅつ》する。

「ソー、合図《あいず》を出《だ》すぞ。」

地上《ちじょう》のソーがエネルギーをためて稲妻《いなずま》を起《お》こす。

「いまだ！」

アイアンマンの合図《あいず》とともに、ソーがコアにむかってハンマーをたたきつけた。

その衝撃《しょうげき》と、アイアンマンが下《した》から出《だ》すビームがぶつかりあい、宙《ちゅう》にういていたソコヴィアは粉々《こなごな》にくずれだした。

ソコヴィアのがれきは空中《くうちゅう》で分解《ぶんかい》しながら落下《らっか》し、すべて海《うみ》のなかにおちた。

☆

ヘリキャリアでは、ウィドウがクインジェットに乗《の》ったハルクに通信《つうしん》する。

「大男《おおおとこ》さん、やったわよ。仕事《しごと》は終《お》わり。

さあ、もう引《ひ》きかえしてきて。」

しかし、ハルクは無言《むごん》で操縦席《そうじゅうせき》にすわっている。

「ステルスモードじゃ追跡《ついせき》できないわ。だからおねがい、あなたが……。」

ハルクはそこで無線《むせん》を切《き》った。

☆

地上《ちじょう》の山奥《やまおく》では、ヴィジョンとウルトロンの分身《ぶんしん》が対峙《たいじ》していた。

「恐《おそ》れていますね。」

「おまえを？」

「死《し》を。あなたが最後《さいご》の1体《たい》だ。」

「おまえが最後《さいご》のはずだった。スタークは救世主《きゅうせいしゅ》でなく召《め》し使《つか》いをつくったか。」

「あなたもわたしも失敗作《しっぱいさく》でしょう。」

「はは……たしかにそうだな。」

「人間《にんげん》は奇妙《きみょう》だ。

彼《かれ》らは秩序《ちつじょ》と混乱《こんらん》が反対《はんたい》のものだと考《かんが》え、支配《しはい》できないものを支配《しはい》したがる。

しかし、その過《あやま》ちは美《うつく》しい。あなたにはそれが見《み》えていない。」

「やつらはほろびる。」

「ええ、しかし、ほろびないものが美《うつく》しいわけではありません。

わたしは彼《かれ》らを尊敬《そんけい》しています。」

「おまえはどこまで青臭《あおくさ》いんだ……。」

「まあ、昨日生《きのうう》まれたばかりですから。」

そこで、ウルトロンは攻撃《こうげき》をしかけようとするが、ヴィジョンがはなったビームを全身《ぜんしん》に受《う》け、そのからだは完全《かんぜん》に消滅《しょうめつ》した。

15　新《あら》たな仲間《なかま》

ホークアイが自宅《じたく》に帰《かえ》ると、笑顔《えがお》のローラがむかえた。

夫婦《ふうふ》は抱《だ》きあって再会《さいかい》をよろこぶ。

☆

ニューヨーク州《しゅう》の北部《ほくぶ》には新《あら》たなアベンジャーズの拠点《きょてん》が建《た》てられていた。

そこにはシールドの元《もと》スタッフたち、チョ博士《はかせ》、セルヴィグ博士《はかせ》のすがたもある。

ウィドウの携帯電話《けいたいでんわ》には、新《あたら》しくバートン家《け》にくわわった子《こ》どもの映像《えいぞう》がうつっていた。

その子《こ》はピエトロと名《な》づけられた。

「おデブちゃん。」

ウィドウはそういってほほ笑《え》む。

そこにフューリーがやってくる。

「うちの技術者《ぎじゅつしゃ》が見《み》つけたんだが、バンダ海《かい》に墜落《ついらく》した機体《きたい》がある。クインジェットかもしれん。

だが、スタークのステルス技術《ぎじゅつ》のせいで追跡《ついせき》ができない。」

「そう。」

「飛《と》びだしてフィジーまで泳《およ》いでいったかもな。じき絵葉書《えはがき》が来《く》るさ。」

「さびしいよ、って？

……むかし、彼《かれ》のスカウトにわたしを行《い》かせたわよね。こうなるって予想《よそう》してたの？」

「……未来《みらい》はわからん。希望《きぼう》をもって、精《せい》いっぱいやるだけだ。

いいチームができた。」

「永遠《えいえん》にはつづかないわ。」

「問題《もんだい》はつねに起《お》きる。だれが勝《か》とうが負《ま》けようが、問題《もんだい》はまたやってくる。」

☆

そのころキャプテン、トニー、ソーは、施設《しせつ》の外《そと》にむかって通路《つうろ》を歩《ある》いていた。

「でも、ヴィジョンはいわゆる人工知能《じんこうちのう》だろう？」

「マシンだよ。」

ソーをはさんで、キャプテンとトニーが話《はな》す。

「だから数《かず》には入《はい》らないって？」

「ハンマーをもちあげた『人間《にんげん》』とはいえない。いいやつだけどな。」

「ハンマーをもてるならマインド・ストーンを預《あず》けられる。

あいつがもっていれば安全《あんぜん》だ。近《ちか》ごろ、安全《あんぜん》は貴重《きちょう》だからな。」

ソーが二人《ふたり》の会話《かいわ》に入《はい》る。

「でも、エレベーターにハンマーを乗《の》せても……。」

「もちあがる。」

キャプテンのことばにトニーがつづける。

「じゃあ、エレベーターは『ふさわしい』のか？」

二人《ふたり》の冗談《じょうだん》にソーが呆《あき》れ顔《がお》をする。

「ここでずっとおしゃべりをしていたいが……。」

「なら行《い》くなよ。」

「そうはいかない。

マインド・ストーンをふくめ４つのインフィニティ・ストーンがつづけてあらわれた。

偶然《ぐうぜん》とは思《おも》えん。だれかが我々《われわれ》をコマにしてゲームをしているにちがいない。

すべてのピースがそろったら……。」

「ゲームセット？」

トニーが口《くち》をはさむ。

「謎《なぞ》をとけると思《おも》うか？」

「ああ、こいつにくらべたらどんな謎《なぞ》もかわいいもんだ。」

キャプテンの問《と》いに、トニーの胸《むね》をたたいてソーがこたえる。

そして施設《しせつ》の外《そと》に出《で》ると、風《かぜ》を巻《ま》き起《お》こしながらあっというまに空《そら》へ飛《と》びたっていった。

ソーのいた場所《ばしょ》には丸《まる》い焼《や》け跡《あと》がのこる。

「まったく、芝生《しばふ》のことなんてお構《かま》いなしか。」

トニーが肩《かた》をすくめていう。

「さびしくなるな。

きみもだろ。ぼくがいなくなったら泣《な》いちゃうか？」

「ああ、さびしくなるよ、トニー。」

「へえ？」

意外《いがい》なキャプテンの返答《へんとう》に、トニーが眉《まゆ》をあげる。

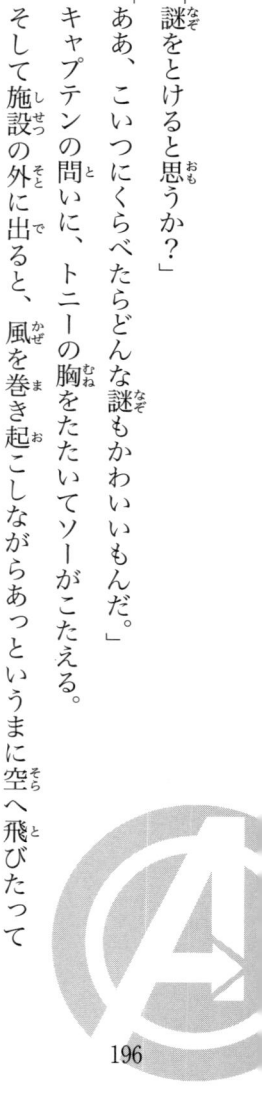

そこにトニーの車《くるま》が到着《とうちゃく》した。

運転手《うんてんしゅ》のすがたは見《み》えず、トニーがリモート・コントロールしているようだ。

「さて、退場《たいじょう》の時間《じかん》だ。バートンにならって家族《かぞく》サービスでもするよ。

ペッパーに農場《のうじょう》をつくる。爆破《ばくは》されなきゃいいが。」

「のんびりするのか。」

「きみもそうしろよ。」

「どうかな……家族《かぞく》とか、安定《あんてい》とか、そういうものをもとめた男《おとこ》は氷《こおり》に埋《う》もれたよ。

出《で》てきたのは別人《べつじん》だ。」

「……だいじょうぶか？」

心配《しんぱい》そうな顔《かお》をするトニーに、キャプテンがうなずいて返《かえ》す。

「ああ、ここがぼくの家《いえ》だ。」

☆

通路《つうろ》でぼうぜんと立《た》っているウィドウに、キャプテンが声《こえ》をかける。

「ずっと壁《かべ》を見《み》てるか？　それとも仕事《しごと》をするか？

たしかにおもしろそうな壁《かべ》だが。」

「もっとゆっくりトニーと見《み》つめあってるかと思《おも》ったのに。

こっちはどんなようす？」

「ヤンキース黄金時代《おうごんじだい》とはいかないが。」

「いいバッターはいる。」

「ああ、だがチームにはなっていないな。」

「鍛《きた》えてやりましょ。」

二人《ふたり》が訓練室《くんれんしつ》に入《はい》ると、そこにはローディ、ヴィジョン、サム、ワンダのすがたが
あった。

チームを前《まえ》に、キャプテンがいつもの掛《か》け声《ごえ》をかける。

「アベンジャーズ……。」

エピローグ

銀河《ぎんが》の半分《はんぶん》をほろぼす威力《いりょく》をもつともいわれる武器《ぶき》、インフィニティ・ガントレットに、なにものかが手《て》をさしいれる。

その醜《みにく》いすがたは、明《あき》らかに地球上《ちきゅうじょう》のものではない。

土星《どせい》の衛星《えいせい》タイタン出身《しゅっしん》のミュータント、サノスだ。

「おれがこの手《て》でかたづけてやろう。」

サノスが不敵《ふてき》にわらった。

アベンジャーズ エイジ・オブ・ウルトロン

2015年11月19日　第1刷発行

ノベル／アレックス・アーヴァイン
脚本・監督／ジョス・ウェドン

翻　訳　上杉隼人《うえすぎはやと》　長尾莉紗《ながおりさ》
装　丁　西　浩二
編集協力　駒田文子

発行者　清水保雅
発行所　株式会社　講談社
〒112-8001　東京都文京区音羽 2-12-21
電　話　出版　☎03-3945-5703
販売　☎03-5395-3625
業務　☎03-5395-3615
本文データ　講談社デジタル製作部
印刷所　大日本印刷株式会社
製本所　大口製本印刷株式会社

●定価はカバーに表示してあります。
●落丁本・乱丁本は購入書店名を明記のうえ、小社業務あてにお送りください。
送料小社負担にてお取り替えいたします。
●この本に関するお問い合わせは海外キャラクター出版あてにお願いいたします。

N.D.C.933 199p 18cm Printed in Japan　ISBN978-4-06-219716-8